ラルーナ文庫

黒猫閻魔と獣医さん

安曇 ひかる

三交社

CONTENTS

Illustration

猫柳 ゆめこ

黒猫閻魔と獣医さん

本作品はフィクションです。
実際の人物・団体・事件などにはいっさい関係ありません。

　その日、ひとりの男が地獄の入り口にやってきた。路上に飛び出した猫を助けようとして車に撥ねられたらしい。

　閻魔卒と呼ばれる鬼たちに左右の腕を取られ、閻魔大王の前に座らされた男の顔を見た瞬間、ロクはひゅうっと息を呑んだ。

　――まさか……桔ちゃん？

　閻魔卒は閻魔大王の使者で、現世で罪を犯した人間を大王の前に連れてくるのが仕事だ。

「名前を名乗りなさい」

　閻魔大王の低い声が響く。頭上に載った『王』の帽子は、彼が地獄の裁判官である証。高さ五メートルはあろうかという巨大な椅子に大王が鎮座するこの場所は、罪人を裁く白洲のような場所だ。

　筆で刷いたような太い眉、蓄えられた口髭、威厳のある眼光、三メートルを優に超える大きな身体。大王の姿を目にした瞬間、罪人たちはみな恐怖に震え出す。泣きながら命乞いを始める者も少なくないのだけれど、その男は震え出すことも命乞いをすることもなく、正面の大王をじろりと睨み上げた。

「ここはどこだ」

「地獄の入り口だ」

「地獄？　なんの冗談だ。というかあんたは誰だ」

「我が名は閻魔。お前をどの地獄へ送るかをこれから決める」

腹の底に響くような大王の声に、その男は目を眇めた。

「悪いが冗談に付き合っている暇はないんだ」

死を意識する間もなく一瞬で命を落とした罪人の中には、自分の身に起こったことが理解できないまま、閻魔卒に連れてこられる者もある。

「名前を名乗りなさい」

「とっとと俺を元の場所に戻せ。戻せないなら帰り道を教えろ」

「名前を名乗りなさいと言っているのが聞こえないのか」

大王に再三促され、彼は仕方なさそうに「黒澤桔平だ」と答えた。

――やっぱり桔ちゃんだ！

きりりとした強気な目元、涼やかな瞳。身体こそ大きくなったけれど間違いない。今、目の前に桔平がいる。ロクの胸はトクトクと鳴った。

――あの頃もかっこよかったけど、もっともっとかっこよくなってる！

（桔ちゃん、桔ちゃん、僕だよ、ロクだよ！）

黒猫のロクは「みゃうん！」と喜びの鳴き声を上げ、閻魔大王の肩から飛び降りた。しかし桔平はロクを一瞥したただけで、すぐにまた大王に視線を戻してしまった。

——そっか……桔ちゃん、僕のこと忘れちゃってるんだった。

ロクはしゅんと尻尾を丸め、大王の肩に戻った。

でもなぜ桔平がこんなところに堕ちてきたのだろう。酒を飲んだというだけで地獄に落とされていた時代は遙か昔。今はよほどの罪を犯さない限り、ここへ堕ちてくることはないはずだ。

「生年月日を答えなさい」

「一体俺が何をしたっていうんだ」

「いいから答えなさい」

「仕事があるんだ。ふざけていないで早く元の場所に戻せ」

名前以外答える気はないらしく、桔平は鋭い視線で大王を睨みつけ、奥歯をギリっと鳴らした。真一文字に強く閉じられた口元は、彼が不満を覚えている証拠だ。大王は表情を変えない。桔平が〝あの時の少年〟だということに気づいていないらしい。

「おのれ、大王さまになんという口の利き方」

閻魔大王の前で反抗的な態度を取る者は珍しい。色めき立った閻魔卒たちが桔平の首に手をかけ締め上げようとする。

——やめてっ！

みゃうっ！　とロクが悲鳴を上げると、大王が「よせ」と彼らを止めた。

「お前たちはもう下がれ」

大王の命令は絶対だ。二匹の閻魔卒はすーっとその姿を消した。

大王の正面には八つに枝分かれした道がある。生前に犯した罪の重さによって「等活地獄」「黒縄地獄」「衆合地獄」「叫喚地獄」「大叫喚地獄」「焦熱地獄」「大焦熱地獄」「阿鼻地獄」、八つの地獄が待っている。犯した罪の重さを見極め、そのいずれに送るのかを決定するのが、閻魔大王の役目だ。

しかし近年、現世に生きる人間の数が増えるのに従って、罪を犯す者も増えた。日々連行されてくるたくさんの罪人を、大王ひとりで裁くことは事実上困難になった。そこである時から大王は自分の下に数名の閻魔を置き、罪人を裁かせることにしたのだ。

ロクもその中のひとり（一匹）なのだが、ネズミ一匹殺せない性格が災いし、一人前になれる目途は立っていない。大王のもとにやってきて十九年。間もなく二十年になろうとしているのに、残念ながら未だ修業中の身だ。

「さて」

大王が振り向く。ロクは大王の広い肩から丸太のように太い腿の上へと飛び降りた。

「お前はどう考える」

問いかけに、ロクは大きくひとつ深呼吸をした。相手が枯平だから——現世で唯一の友達だった人だからといって、私情を交えることは許されない。

　ここは地獄の裁判所。見習いとはいえ、ロクは裁判官なのだ。

（大王さま、この男からは〝罪の気〟がまったく感じられません。何かの間違いで、ここへ堕ちてきたのではないでしょうか）

　ロクの考えに、大王はグローブのような手のひらで、「うむ」と髭をひと撫でした。

　罪の気というのは、罪を犯した人間が放つ独特のオーラのようなものだ。罪人たちが次々に堕ちてくるこの場所、地獄の白洲には、常に罪の気が満ちている。

　罪人は必ずと言っていいほど嘘をつく。閻魔はそれを見抜き、犯した罪に応じた地獄に送る。大切な何かを守るためにつく嘘もあるが、大抵は保身や自己弁護のための醜い嘘だ。中でも見逃してはならないのは、誰かを傷つけるためや陥れるための嘘で、それらは必ず濃い罪の気を纏っている。顔色ひとつ変えずに嘘をついたつもりでも、閻魔の目をごまかすことはできない。

「手違いがあったというのか」

（はい。多分）

　私情は禁物とわかっているが、ロクにはどうしても信じられなかった。閻魔大王が直々に裁くのは、殺人や強姦など特に重い罪を犯した者たちだ。ロクの記憶にある桔平は十歳の子供で、二十九歳の大人になった彼に会うのは初めてだけれど、彼が大王の裁きを受けるような重罪を犯したとはとても思えなかった。

『ロク……お前、ホントいつもぬっくぬくだな。ずーっと抱っこしててもいいか？』

そう言う桔平の懐も、いつだってぬっくぬくだった。

強くて優しくてかっこよくて。

――あの桔ちゃんが罪を犯すなんて……ありえない。

大王はもう一度「うむ」と髭を撫でると、傍らの大きな鏡に視線をやった。浄玻璃と呼ばれる水晶の鏡には、生前に犯した悪行が洗いざらい現れるはずなのだが、いくら待っても罪を犯す桔平の姿が映し出されることはなかった。

（ね、申し上げた通りでしょう？　大王さま）

みゃおん？　と見上げると、食い入るように浄玻璃を見ていた大王が振り向く。

「うむ。確かに罪を犯してはおらぬようだ」

（そうでしょう！　そうでしょうとも！）

ロクは大王の太腿の上で飛び跳ねた。

「確かにお前の言う通り、この男からは罪の気を微塵も感じない。何か手違いがあったのであろう。すまなかった」

そう言って大王は、パンとひとつ手を叩く。その合図に、傍らに控えていた別の鬼が一四、前へ出た。獄卒と呼ばれる彼らは、閻魔大王の指示で罪人を地獄へ導き、命じられた通りの罰を与える役目を担っている。

「手違いがあったようだ。黒澤桔平を天道へ案内しろ」

「かしこまりました」

獄卒は大王に一礼すると、桔平に「立て」と促した。

（待ってください！）

ロクはもう一度飛び跳ねる。

天道へ案内する。それはつまり桔平を天国に送るということだ。

地獄へ送られるよりは百万倍マシだが、桔平が死んでしまうことには変わりない。ロクは大王の膝から飛び降りると、浄玻璃のスイッチを「現在」に切り替えた。

「これ、勝手な真似をするでない」

（大王さま、これをご覧になってください）

そこに映し出されているのは今この瞬間の現世の様子だ。桔平は救命救急センターのベッドに横たえられ、医師たちの懸命な心臓マッサージを受けている。

閻魔卒たちは、桔平の生命が完全に尽きる前に連れてきてしまったらしい。

――なんの罪も犯していない上に、死んですらいないのに連れてきちゃうなんて。

前代未聞の連続ミスだが、それならまだ間に合う。

――今ならまだ、桔ちゃんは現世に戻れる。

ロクは大王の肩に飛び乗ると、その耳元で捲し立てた。

(彼はなんの罪もないのに、地獄に送られるかもしれないという恐怖を味わいました。僕たちの過ちで恐ろしい思いをしたのです)

「恐ろしい思いをしているようには見えぬぞ。先刻より私を睨みつけておる」

(強気な顔をしていても、こっそりチビっちゃってるかもしれません。お詫びとして、どうか現世に戻してやってはもらえないでしょうか)

「現世にだと？」

閻魔大王がその太い眉をぐっと寄せた。ロクはヒッと小さな身体を竦ませる。十九年間傍に仕えていても、間近で睨まれるとチビりそうになる。

(彼は自分の命を犠牲にして、道路に飛び出した猫を助けたんです。稀に見る善行です。誰にでもできることではありません)

地獄の入り口まで来た者を現世に戻したなどという話は聞いたことがない。

それでもロクは必死に大王を説得した。

(お願いです、大王さま。彼はまだ死んでいません。お医者さんたちも諦めていません)

医師たちは汗を拭うのも忘れ、心臓マッサージと電気ショックを続けている。

(大王さま！)

ロクはひときわ高い声で、みゃおうん！　と鳴いた。

王

「わかった」と閻魔大王が大きく頷いた。

「お前がそこまで言うのなら」

（ありがとうございます！　ありがとうございます、大王さま！）

喜びのあまり、ロクは大王の胸にむぎゅっとしがみついた。何が起きているのかわからないのだろう、桔平は大王とその胸でみゅうみゅう鳴く黒猫を交互に見やる。

「黒澤桔平。お前は罪を犯していないのに誤ってここ、地獄の入り口で裁きを受けることになってしまった。よって特段の計らいによって現世に戻すことにする」

「元の場所に戻してもらえるんだな」

桔平の顔にようやく安堵の色が浮かんだ。

「ただし目付け役として閻魔をひとり同行させる。もしお前が罪を犯したり、嘘をついたりすることがあれば、ただちに閻魔卒を遣わしここへ連れ戻す」

「なんでもいいから早く戻してくれ。俺は忙しいんだ」

「せっかちな男だな」

大王が肩を竦めた。浄玻璃の中の医師が『心拍再開！　心拍戻ったぞ！』と叫ぶ。同時に桔平の輪郭が霞み始め、淡くなり、すーっとその場から消えた。

（現世に戻ったのですね）

閻魔大王は深くひとつ頷き、ロクの方に向き直った。

「……黒澤桔平。十九年前にお前が命を救った少年だな」

ロクはまたひゅうっと息を呑んだ。

（お、お気づきだったのですね）

「私を誰だと思っておる。こんなところで再会することになるとは、お前はあの男とよほど縁があるとみえる。ロク、お前をあの男の目付け役に任命する」

（……え？）

ロクはきょとんと首を傾げる。

（僕が、ですか？）

「これは千年に一度あるかどうかという、特例中の特例だ。私が無実と判断し現世に戻した人間が罪を働くようなことが、万にひとつもあってはならない。よってひと月の間、お前が目付け役として黒澤桔平と行動を共にし、監視するのだ。もしも罪を犯したり嘘をついたりするようなことがあれば――」

（わかりました！　お任せください！）

大王がみなまで言い終わる前に、ロクは飛び上がった。

（ありがとうございます！　ありがとうございます、大王さま！）

精一杯頑張りますと全身で訴えるロクに、閻魔大王は太い眉をハの字に下げた。

「ロク、お前には落ち着きというものが足りない。そんなことではいつまで経っても立派な閻魔になれぬぞ」

「ただし長期間罪の気を浴びずにいると、嘘を見抜く勘が鈍り、閻魔に戻れなくなる。期間はギリギリひと月だ。相手が誰であろうと、監視の手を抜いてはならぬぞ。よいな」

「みゃおうん！」

ひと月も、桔平の傍にいられるなんて。

また桔平と同じ空気を吸い、同じ時間を過ごすことができるなんて。

──夢みたいだ。

十九年前、十歳の桔平と仔猫（こねこ）のロクはいつも一緒だった。言葉こそ交わせなかったけれど心は深く通っていた。複雑な家庭環境に翻弄（ほんろう）されながらも強くて優しい桔平に、ロクはほのかな恋心を抱いていた。

──桔ちゃん……。

うっとりと目を閉じるロクの耳に、閻魔大王が「早く支度をしなさい」と囁（ささや）いた。

「……大丈夫です。問題ありません。いろいろと迷惑をかけて申し訳……え？　本当に大丈夫ですから。とにかく明日から通常診療で……はい、よろしく」

電話を切ると、桔平は短いため息をついた。

「やれやれ二日も休んじまうとは」

「救急病院の先生は、一週間は無理をしないでとおっしゃっていましたけど」

「バカ言え。そんなに休めるわけがないだろ。俺にしか触らせない子もいる。俺にしかできない手術もある。俺が休めば休んだだけ、救えるはずの命が消えちまうんだ」

仕事への意欲を語る桔平に、ロクはふっと頬(ほお)を緩ませた。

二十九歳になった桔平は獣医になっていた。一昨日、待合室から歩道に飛び出した患畜・アメリカンショートヘアの茶々丸(ちゃちゃまる)を追いかけた桔平は、彼を捕獲した瞬間、信号を無視して直進してきた乗用車に撥ねられた。胸を強く打ち心停止に陥ったが、懸命の蘇生によって鼓動が再開した。心臓が停止してから十五分以上経過してからの回復で、しかも負った怪我(けが)は軽い擦過傷だけ。奇跡以外の何ものでもないと医師たちを驚かせた。その結果身体のどこにも異常は認められず、午後になって退院を許されたのだ。

念のため昨日今日と入院し、全身をくまなく検査をした。

桔平の家はマンションの五階だった。ロクをリビングに案内し、「とりあえずそこに座ってろ」とソファーに座るように促すと、桔平は職場に電話をかけ、明日から診療を再開すると宣言した。なんて仕事熱心なんだろうとロクは感心する。

「本当によかったですね。こちらに無事戻ってこられて」

にっこり話しかけると、桔平は世にも複雑な表情を向けた。

「俺は、まだ信じられない」

「何がでしょう」

「全部だよ。地獄の入り口でのことも。お前が閻魔だということも」

頭のてっぺんから足の先まで、桔平の視線が舐めるように這う。桔平はロクが大王の周りをうろちょろしていた黒猫だとは気づいていない。初めて対面する地獄の監視人に興味津々なのはわかるが、のっけから熱視線を注がれて急に落ち着かない気分になる。

「そんなに見つめないでください。照れます」

両手で頬を挟んでもじもじするロクに、桔平は「はあ？」と口を半分開いて固まった。

閻魔大王は、ロクに人間の身体を用意してくれた。ほっそりとした身体にさらりとした黒髪、黒目の大きな瞳、ちょこんと小さな鼻、きゅっと愛らしい口元。どこか猫っぽい見た目は十代の少年を思わせるが、大王によるとロクの年齢は二十歳。これでも成人なのだという。

『いいか、ロク。身体は人間になってもお前は黒猫の閻魔だ。驚いた拍子にうっかり耳や尻尾が飛び出すことがある。くれぐれも気をつけるのだぞ』

大王はそう念を押して送り出してくれた。

——欲を言えば、もう少し強そうな身体がよかったな。

閻魔というには明らかに迫力がない。ちょっとばかり不満だったけれど、桔平と初めて言葉を交わせる嬉しさが勝った。

意識を取り戻した桔平が運ばれた病室で、ロクは待っていた。

『ご家族の方ですか？』

看護師に尋ねられたロクは、『僕は大王さまに遣わされた閻魔で、ロクと申します』と正直に答え、ベッドの上の桔平を慌てさせた。

『しっ、親戚の子です』

桔平は半身を起こして看護師に説明すると、ロクの耳元で『いいか、家に帰るまで余計なことをしゃべるな』と囁いた。

——桔ちゃんの声……こんなに近くで。

昔より低く太くなった声にひっそり胸をときめかせながら、ロクは『わかりました』と頷いたのだった。

「全部現実です。そろそろ受け止めていただけませんか」

「地獄だの閻魔だの、そう簡単に受け入れられるわけないだろ」

閻魔大王や閻魔卒とのやり取りを、桔平はすべて記憶していた。それなのに意識を取り戻してからずっと、現実として受け入れられずにいるようだった。今ここにロクがいなければ「夢だった」で終わらせていただろう。

「夢じゃないから僕がここにいるんです。ほら、見てください」

ロクはソファーから立ち上がり、ベランダの方に近づいた。午後の日差しを浴びた観葉植物の影が床に伸びている。しかしその横に立ったロクには、影がない。

「僕には影ができません。閻魔なので」

ロクが指さす先に視線を落とした桔平は、「マジか……」と眉間に指を当てた。

「けどお前、閻魔って感じじゃないだろ」

「え？」

「閻魔ってもっとこう、お前んところの大王さまみたいに、でかくて強そうな感じなんじゃないのか？　イメージ的に」

ロクはしゅんと項垂れた。

「気にしていることを言わないでください」

「え、気にしていたのか」

「僕だってもっと強そうな身体がよかったんですけど……」

贅沢を言ってはいけない。閻魔大王は桔平が十九年前の〝あの少年〟だと気づいた。だから数いる閻魔見習いの中からロクを選び、こうして現世に送り出してくれたのだ。

人間の身体にしてもらえたことに感謝しなくてはならない。文句を言っては罰が当たる。

「悪かった」

「……え？」

「気にしていることを言って悪かった」

素直に謝られ、ロクは慌てる。

「あ、いえ、それほどすごく気にしているというわけでは」

「人の外見をあれこれ言うなんて最低だ。とにかく今のは俺の失言だ。ごめん」

「そんな」

ふるんと頭を振りながら、ロクはそっと口元を緩ませる。

――ちっとも変わってないな、桔ちゃん。

正義感が強くて、心の真っ直ぐな男の子だった。

「あの、桔ちゃ……」

いけない。うっかり昔のように呼んでしまうところだった。

「黒澤さんは、ひとり暮らしなのですか？」

「ああ」

桔平の両親は彼が十歳になった頃に離婚した。十一歳になる直前に父親が亡くなり、時を置かず母親も病床に臥せってしまい、数年後に亡くなったという。幼くして両親を失くした桔平を育ててくれたのは、母方の祖父母だった。小さい頃から動物が好きだった彼は迷わず獣医学の道に進み、卒業後は祖父が院長を務めていた小さな動物病院で働き始めたという。

「一昨年、祖父ちゃんが体調を崩して引退した。それで俺が後を継いだんだ」

「お祖父さまは今……」

「祖母ちゃんとふたりでのんびり暮らしている。俺を育ててくれた人たちだからな。元気で長生きしてほしいと思ってる」

ロクは「そうですね」と小さく頷いた。そして勇気を振り絞り、どうしても確認したかったことを尋ねてみた。

「あの、ですね、ご……ごご、ごけっ」

声が裏返る。

「ごけ？」

「ご結婚は、されていないのですか」

桔平は間違いなくかっこいい。猛烈にかっこいい。かっこいい男の子がかっこよさを倍増させて大人になったのだから、周りが放っておくわけがない。人間社会には単身赴任とか、別居婚とかいうフェイント的な制度がある。ひとり暮らしだからといって安心はできない。

「結婚はしていない」

桔平はきっぱりと答えた。

「そうですか」

ロクは平静を装いながら、心の中で万歳三唱をした。

「ちなみに内縁の妻ですとか、そういう関係の方は」

「いない」

「結婚を前提にお付き合いなさっている女性などは……」

「正真正銘のひとり者だ。って、何いきなり身辺調査してるんだ」

桔平は呆(あき)れたように眉根を寄せた。

「のっけからグイグイ来るな。取り調べかよ。あ、閻魔だからどっちかって言うと裁判官か」

「申し訳ありません。仕事柄、しつこく伺ってしまって」

本当は仕事としてではなく、安心したくてつい突っ込んで聞いてしまっただけなのに、
桔平はふっと優しい笑みを浮かべた。

「まあわからなくもないけどな。俺も仕事人間だから。でもここはお前の仕事場じゃなく、俺の部屋だ」

「そうでした」

「とにかく俺は、結婚をするつもりはない。家族は持たないと決めているんだ」

桔平はさっきよりもっときっぱりと答えた。

どうしてですかと尋ねようとしてやめた。その理由がなんとなくわかるから。

地獄の白洲で再会した時、桔平はロクが十九年前いつも一緒にいた黒猫のロクだと気づかなかった。黒猫の見た目など似たようなものだけれど、桔平がロクに気づかないはずはない。目の前に同じような黒猫が百匹いたとしても、その中から容易にロクを探し出すに決まっている。それほど心を通わせていた。

気づかなかったのは、彼が当時の記憶を失くしているからだ。記憶を消したのは閻魔大王。十九年前、大王はロクを閻魔として傍に置く代わりに、桔平の脳からロクと過ごした一時期の記憶を消し去ったのだ。

もちろん抵抗した。やめてくださいと縋って泣いた。けれど最終的には大王の考えを受け入れることにした。それが桔平のためだと思ったから。

「どうした」

突然黙り込んだロクを、桔平が覗き込む。

「いえ、なんでもありません」

「俺の家族は生涯、祖父ちゃんと祖母ちゃんだけだ」

そう言って、桔平はロクの目をじっと見つめた。その目が「思い出したい」と訴えているような気がして、ロクはそっと目を逸らした。

「そういうわけで、僕はこれから黒澤さんの監視役として、しばらく行動を共にさせていただきます。どうぞよろしくお願いいたします」

ロクは居住まいを正し、ぺこりと頭を下げた。

「行動を共にって言われてもなあ」

「お仕事の邪魔になるようなことはいたしませんのでご安心ください。ちなみに大王さまから現世のお金を少々いただいて参りました」

「別に金の心配はしていないが……」

桔平は腕組みをして「うーん」と唸った。

「とにかく桔ちゃ……黒澤さんは普段通りに生活していただいて結構です。ただし何か罪を犯したり、嘘をついたりした場合、僕は大王さまに報告しなくてはなりませんので、くれぐれも気をつけてくださいね」

「まさか嘘をついたら……」

「はい。舌を抜きます」

「やっぱりかっ！」

なぜか桔平は嬉しそうに瞳を輝かせて、身を乗り出してきた。

「嘘つくと舌を抜かれるって、本当だったんだな。お前、あれ持ってないのか？　あのペンチみたいなやつ」

「あれは人間が作った誤ったイメージです。嘘をついた罪人の舌を抜くのは閻魔ではなく、主に閻魔卒という鬼です。ほら、黒澤さんを天界に案内しようとした」

「ああ、あいつか」

おどろおどろしい鬼の姿を思い出したらしく、桔平は顔を顰めた。

「大王さまをはじめ僕たち閻魔は、罪人をどの地獄に送るかを決めるだけで、実際に手を下すのは主に彼らの仕事です」

「分業制ってことか」

「はい。でも、閻魔もまったく舌を抜かないわけではありません。時と場合によっては自ら手を下します。地獄も最近、人手不足なんです」

「少なくとも〝人〟手ではないわな」

桔平は苦笑した。

「しかしお前、そんな可愛い顔して罪人の舌を抜くなんてすごいな」

「えっ、可愛いなんてそんなっ」

ぽっと頬を染めると、桔平は「食いつくところが違う」と短いため息をついた。

「そもそもお前、俺が嘘をついているのかどうか、わかるのか」

「もちろんです」

罪人でなくても、人は嘘をつく時、あるいは嘘をつこうとする時、その心や身体には大なり小なりの変化がある。表情の動き、視線の揺れ、心拍や呼吸の乱れ、発汗など、ほんのわずかな信号を見極めることこそが閻魔の仕事だ。

ロクはまだ修業中なので、残念ながら百パーセント正確にというわけにはいかない。だから罪人の舌を抜いたこともない。それでもいつの日か一人前になった時のために「舌、抜きますよ」という台詞(せりふ)だけは日々欠かさずに練習している。

「つまり俺は、嘘発見器と一緒に暮らすってわけか。なんだか気が重いな」

「黒澤さんが嘘をついたら、舌、抜いちゃいますからね。覚悟してください」

精一杯迫力のある表情で告げたのに「はいはい」と軽くあしらわれてしまった。

――もう、ちっとも本気にしていないんだから。

ぷーっと膨れたロクだが、それよりも桔平が徐々に閻魔や地獄の存在を受け入れてくれていることが嬉しい。

「舌を抜かれるくらいで済むのは、軽い罪です。罪が重くなれば罰も重くなります」

「だろうな。俺が行ったあそこは、白洲のようなものなんだろ？」

「ええ。地獄はあの先にあります」

「お前、行ったことあるのか」

「修業を始めた頃、一度だけ見学に行きました」

ロクが見学したのは、八つの地獄の中では一番現世に近い場所にある『等活地獄』という地獄だった。殺生をした者や暴力を振るった者が送られる。

「殺生と言っても、殺人だけではありません。むやみに動物を殺した者も、等活地獄に送られます」

「俺は常々、動物を虐待するようなやつは地獄に堕ちろと思っていたが、ちゃんと堕ちていたんだな」

桔平は満足げに頷いた。

「等活地獄には、牛の頭をした牛頭(ごず)や馬の頭をした馬頭(めず)といった獄卒がいて、槍(やり)とか棘(とげ)のついた金棒とかで、罪人を痛めつけます」

「おう、やれやれ。動物を虐(いじ)めるようなやつはどんどん痛めつけろ」

桔平が自分たちの仕事を理解してくれたことが嬉しくて、ロクはついつい饒舌(じょうぜつ)になる。

「彼らは逃げる罪人をどこまでも追い回します。絶対に逃がしません。追い詰めて、手にした金棒で頭から足まで全身を殴りつけて、骨まで粉々にするんです」

「骨まで……」

桔平が、うえっと顔を歪(ゆが)めた。

「その後、全身の皮を剥(は)いで、肉を削(そ)ぎます。あちこちでものすごい悲鳴が上がります」

「うげ……」

「そこからさらに火で焼かれたり、熱湯で釜茹でにされたりという、熱責めを施される者もいますね。それから――」

突然、うぐっと酸っぱいものが込み上げてきた。

「どうした」

「すみません……思い出したらちょっと気分が」

「だろうな。それ以上はもういい。飯が食えなくなる」

「少々詳しくお話ししすぎました。申し訳ありません」

あまりの恐ろしさに五分で気を失い、その後もしばらく悪夢にうなされたことを思い出した。とてもじゃないけれど、もう一度行ってみたいとは思えない場所だ。桔平はちょっと青い顔で「仕方ない。それがお前の仕事だもんな」と力なく頷いた。

「ところで二十四時間監視するってことは、お前、病院にもついてくる気なのか」

「そのつもりですが」

「スタッフになんて紹介すればいいんだ」

「そうですねえ、学生時代の同級生とか？」

「何をどうすると俺とお前が同い年に見えるんだ。そもそもお前、何歳なんだ」

「大王さまがおっしゃるには、二十歳だそうです」

閻魔には年齢という概念がない。だからロクの年齢は見習いになった時のまま止まっている。当時ロクは一歳半前後の猫だった。人間に換算するとおよそ二十歳になるらしい。

「二十歳……」

桔平は噴き出すのをこらえるように、口元をひくひくさせた。

「同級生でなければ親戚とか……あ、そうだ、恋人というのはいかがでしょう」

せっかくひと月も一緒に過ごすのだからと、ダメ元で提案してみたが、桔平は「恋人だとぉ？」と声を裏返した。

「同級生では無理があるとお考えのようなので、恋人の方が違和感がないかと」

えへっと照れるロクに、桔平は取りつく島もない顔で「却下」と言い放った。

「違和感だらけだろ。てか違和感しかないわ。そもそもお前、男だろ」

「現世には同性の恋人同士も少なくないと聞いていますが」

「そういう問題じゃなくて……ったく、半端ない変化球だな」

桔平はくしゃくしゃと髪をかき上げた。

「大体、同級生だとか恋人だとかいうのも、嘘になるんじゃないのか？」

「必要悪は許されます」

人間関係の潤滑油となる些細な嘘まで罪に問うていては、それこそペンチが何本あっても足りない。

「ただ小さな嘘も累積すると処罰の対象になりますので、お気をつけください」

「イエローカード累積で退場、みたいな感じか」

「イエローカードとはどういったものでしょう？」

「まあいい。わかった……とは言いがたいが、腹が減った。ひとまず飯にしよう」

釈然としないが受け入れるしかない。そんな表情で桔平は立ち上がった。

「ご理解いただけて嬉しいです。ありがとうございます」

「理解はしていないぞ。それにもしお前が本当に閻魔だとしても」

「本当に本物の閻魔です」

「本物の閻魔であっても、俺以外の人間に自分が閻魔だと言いふらすな。心臓が持たない。俺たちふたりだけの秘密にしろ。いいな」

「ふたりだけの秘密ですね！」

ロクは、ぱあっと顔を輝かせる。

「だから、いちいち食いつく場所がおかしいんだよ。なに目ぇキラキラさせてんだ。とにかく絶対に秘密だからな」

「はい。わかりました。どうぞよろしくお願いします」

ロクはソファーから立ち上がって深々と一礼する。桔平は「なんでこんなことになったんだろう」とぶつぶつ言いながら、キッチンへ向かった。が、途中で足を止め振り返った。

「ところで閻魔って、何食うんだ？」

「え？」

「飯。ここには人間の食い物しかないぞ」

「ああ、それでしたら大丈夫です」

閻魔は生き物ではないので食事をしない。空腹を覚えることもない。しかし現世に戻ったロクの身体は人間のそれだ。人間と同じものを食べ、人間と同じように眠る。

「俺と同じもので大丈夫なんだな？」

「はい。ただ……すみません、僕、食事の支度は経験がなくて」

「手伝ってもらおうなんて思ってねえよ」

閻魔大王が持たせてくれたお金を出そうとすると、桔平はそれを拒絶した。

「余計なこと考えなくていいからそこで待ってろ。できたら呼ぶ」

そう言い残し、桔平はキッチンに向かった。背中を見送ったロクはソファーでころんと丸くなる。

物を口にするのは久しぶりだ。しかも猫の餌ではなく、人間の食事をするのは初めてで、わくわくが止まらない。しかも桔平が作ってくれる料理だなんて。

「……最高すぎる」

身悶えしながらクッションを抱きしめると、ふわりと桔平の匂いがした。

あの頃とは少し違う大人の男の匂い。けれど間違いようのない、桔平の匂いだ。

『ロク、お前腹減ってんだろ？　ほら、給食の残り持ってきてやったぞ。今日はお前の大好物のチーズだ』

『みゃう……ん』

『心配すんな。俺はちゃんと食ったから。遠慮しないで食えよ』

ほら、と桔平が差し出したチーズの味を、今まで何度思い出したかわからない。

『ロク、お前って寝てる時、すげー間抜けな顔してんのな』

『みゃうっ！』

『怒んなよ。どんな顔してても、お前は世界一可愛いんだから』

――桔ちゃん……。

いつだって、強くて優しくてかっこよかった。

――僕の……初恋の人。

「おい、起きろ」

どれくらい経ったのだろう。いつの間にかソファーに横たわってうたた寝をしていたらしい。ゆさゆさと揺り起こされ、ロクはパチッと目を開けた。

「よく初めて来た家で寝られるな。飯、できたから運ぶの手伝え」

「……ぁい」

ロクは目を擦り、のろのろと立ち上がった。

「初日からそんなでいいのか？　二十四時間、俺を監視するんじゃなかったのか？」

「申し訳ありません。ついうとうとしてしまいました」

「お前、猫みたいに丸まって寝るんだな」

猫ですから、と喉まで出かかる。

「半目で口も半分開けて、すげー間抜けな顔して寝てたぞ。ていうか寝癖」

桔平が呆れたように笑う。十九年ぶりだというのにやっぱり「間抜け」扱いされてしまい、ロクは唇を尖らせながら後頭部の寝癖を直した。

「そこの棚からシチュー皿を取ってくれ」

「白いのですね」

食器棚から白い深皿を二枚取り出す。キッチンにはいい匂いが漂っていて、お腹がぐうっと派手な音を立てた。お腹が空くという感覚も、久しぶりだった。

「即席だけどビーフシチューを作った」

ＩＨヒーターの前に立ち、桔平が鍋をかき混ぜている。

「うわあ、楽しみです。すごく美味しそうな匂いが――」

鍋の中を覗き込んだロクは、次の瞬間「うっ」と口元を押さえて後ずさりをした。

「どうした」

「す……すみません」

込み上げてくるものをこらえながら、ロクはキッチンを飛び出した。

「おい、どうしたんだ」

桔平が追いかけてくる。

「だいじょぶ、です、うぐっ……すみません」

「大丈夫って顔じゃないだろ。ビーフシチュー、苦手だったのか」

「……みたいです」

「でもお前、『いい匂い』って言わなかったか？」

「匂いはすごく美味しそうで……でも見た目がダメでした。地獄の釜茹でを思い出してしまって……」

等活地獄で見た光景が、今でもトラウマになっているのだと話すと、桔平は鼻白んだようにふんっと笑った。

「骨まで粉々にするんですぅ～とか、さっきは嬉々として語ってたくせに？」

言葉にするのと映像を思い浮かべるのとでは、衝撃の度合いが違う。おそらく煮込みものは全般的に受けつけない気がする。焼いた肉もダメそうだった。

「とにかく地獄を思い出す食べ物はダメってことか。ったく、わがまま言いやがって。そこに座って待ってろ」

「……申し訳ありません」

舌打ちしそうな不機嫌さでキッチンに入った桔平だが、五分もしないで戻ってきた。

「これなら食えるだろ」

差し出された皿の上には、白い三角形がふたつ。

「パン……ですか？」

「ハムとチーズのサンドイッチだ」

「チーズ……」

偶然の一致なのだろうか。うたた寝をしながら見ていた、十九年前の夢。

そんなはずは絶対にないのに、ロクの大好物のチーズを、桔平が覚えていてくれたようで胸の奥がきゅんと熱くなる。

「お手を煩わせてしまい、申し訳ありません」

「まったくだ」

文句を言いながら、桔平は温かいミルクまで用意してくれた。

「向かい側で俺がビーフシチューを食うのは大丈夫か」

「それくらいは大丈夫です」

喉は通らないだろうが、視界の端に入るくらいは平気だ。

「それではいただきます」

小さめのダイニングテーブルに向かい合い、夕食が始まった。三角形に切られたハムチーズサンドをひと口齧（かじ）ったロクは、思わず目を見開いた。

「うわあ、美味しい。これ、すっごく美味しいです」

目をまん丸にすると、桔平が口元を緩ませた。

「冷蔵庫にあったものを食パンに挟んだだけだ」

「僕、こんなに美味しいもの、初めていただきました」

黒猫時代に食べた給食のチーズも美味しかったけれど、薄いチーズとハムの挟まったサンドイッチはその何倍も美味しい。

「大げさな」

「大げさじゃないですよ」

あまりの美味しさに、ひとつ目のサンドイッチをあっという間に完食してしまった。桔平は苦笑しながら傍らのホットミルクを顎（あご）で指した。

「早食いすると喉に詰まるぞ」

「……はい」

――わあ……いい匂い。

久しぶりに嗅（か）ぐ甘いミルクの香りにうっとりしながら、水面に舌を近づけようとしてハッとした。

――いけない、いけない。

人間はカップを持って飲むのだ。危なかったと胸を撫で下ろし、カップに唇をつけた。

「あちっ」

「そんなに熱くしていないはずだぞ？　猫舌なのか」

「……はい」

猫なので、という言い訳はもちろん呑み込む。

「とことん面倒臭いんだな、閻魔って。あ、お前が個人的に面倒臭いのか」

「……すみません」

恐縮しながらもふたつ目のサンドイッチに齧りつくロクに、桔平は小さく噴き出した。

「そんなに気に入ったのか」

「はい。桔ちゃ……黒澤さん、お料理の天才です」

「パンにただハムとチーズ挟むのを料理とは言わない。ていうかお前、ちょいちょい『桔ちゃん』って言いかけてるけどなんなの」

「っ！」

サンドイッチを喉に詰まらせそうになり、うっかりホットミルクを啜る。

「あちちっ」

「そそっかしい閻魔だな。呼びやすいならそれでいい」

「い、いいんですか？」

「ただしここにいる時だけだぞ。病院では『黒澤先生』だ。間違っても桔ちゃんなんて呼ぶなよ」

「わかりました」

「ところでお前、苗字(みょうじ)あるのか？」

ロクはふるんと首を振る。

「だったらお前は今日から黒澤ロクだ。スタッフには、従弟(いとこ)だと紹介する」

「黒澤……ロク」

病院で一度口にしただけの名前を、ちゃんと覚えていてくれたらしい。

齧りかけのサンドイッチを手にしたまま、ロクはほんのり頬を赤くした。

「なに喜んでるんだ。入籍したみたいですぅ～とか、考えてんじゃないだろうな」

「………」

図星を指されたロクは、耳まで赤くして俯(うつむ)いた。

「つまんねえ妄想してないで、さっさと食っちまえ。夜はそっちの空き部屋に客用の布団敷いてやるからそこで寝ろ。明日は普段より少し早めに出勤するから、一緒に出るなら寝坊するなよ、ロク」

——今、桔ちゃん、ロクって……。

初めて名前を呼んでくれた。「ロク」って。大人の声で。

急激に込み上げてくる懐かしさに、鼻の奥がツンとした。視界がぼやけるのをごまかすように、しゃきんと背を伸ばし、ロクは「はい！」と元気に頷いた。

——これからひと月、桔ちゃんと毎日一緒にいられるんだ。

明日からの暮らしを想像すると、嬉しさで胸がうずうずする。

桔平が昔のことを忘れてしまっていることは少し寂しいけれど、思い出すことで辛い思いをするくらいなら、忘れたままの方がいい。真実を知らない方が幸せなこともあるのだと、今は素直に思える。

ようやく冷めたミルクを飲みながら、ロクはそっと微笑んだ。

『くろさわ動物病院』と看板が掲げられたその建物は、桔平の自宅マンションから歩いて五分の場所にあった。こぢんまりとしているが、商店街にほど近く、近隣には住宅地が広がっているため、待合室はいつもいっぱいらしい。毎日目が回るほど忙しいけれど、できるだけ多くの患畜を診てやりたいという思いから、桔平は週に二回夜間診療までやっていた。症状の重い患畜がいる時は、病院に泊まり込むこともあるという。

スタッフは院長の桔平の他に獣医がひとりと、看護師が三人、それに事務兼受付係がひとり。六人で毎日ギリギリ乗り切っているのだと、「徒歩五分」の間に桔平が教えてくれた。

朝礼で、桔平は二日間留守にしてしまったことを詫び、スタッフにロクを紹介した。

現在大学三年生になる従弟。獣医学部生ではないが動物が大好きで、将来は動物にかかわる仕事をしたいと思っている。ぜひ動物病院の仕事を体験してみたいと、夏休みを利用して桔平を訪ねてきた——。桔平は昨夜打ち合わせた通りの設定を、スタッフに前で澱みなく語った。

「アルバイトというか、雑用って感じだな。手が足りない時は遠慮なく声をかけて使ってやってください。ロク、挨拶」

「は、はいっ」

桔平に促され、ロクは一歩前に出た。緊張のあまり声が裏返り、表情が強張る。

「くっ、黒澤っ、ロクです」

桔平の苗字を自分の名前に重ねると、自然に頬が緩んでしまう。極度の緊張と照れの間で顔を引き攣らせるロクを、桔平が後ろから「早くしろ」と突いた。

『いいか、くれぐれもバカ正直に「閻魔です」なんて自己紹介をするなよ』

直前まで念を押されていた。

「は、はい。えっと、えーっと、しばらくの間お世話になります。みなさんどうぞよろしくお願いいたします」

昨夜布団の中で何度も練習した自己紹介を終え、ぺこりと一礼すると、スタッフから自然に拍手が湧いた。

「獣医の野口直利です。黒澤先生にはいつも大変お世話になっています」

桔平と同じ濃いブルーの医療用白衣を身に着けた男性が一歩前に出た。桔平より少し若いだろうか、「よろしくね」と爽やかな笑顔で手を差し出され、ロクはますます緊張してしまう。

「ここ、こちらこそよろ、よろしくお願いいたします」

ぎくしゃくしながら出した手を、野口は攫うように握り、ぶんぶんと上下に振った。

「緊張しなくていいよ。この病院、黒澤先生以外、みんな優しいから」

「どういう意味だ、野口先生」

「まんまの意味ですよ」

ねー、と野口が振り返った先で、淡い水色のユニフォームを着た看護師たちが一斉にうんうんと頷く。

「動物に注ぐ愛情の半分、いや十分の一でいいから、俺たちにも注いでほしいです」

愚痴とも冗談ともつかない野口の言葉に、そこにいた全員が「ですよね～」と笑った。

つられるように笑ったロクを、桔平は「お前は笑うな」と横目で睨んだ。

「看護師の鈴原修子（すずはらしゅうこ）です。よろしくね」

「よ、よろしくお願いいたします」

修子に続いて同じ看護師の宮島（みやじま）かおり、竹内若葉（たけうちわかば）、受付の菅沢（すがさわ）みちよが、順に自己紹介をしてくれた。ひとりひとりに深々とお辞儀をしていたら、頭がくらくらとした。こんなにたくさんの人間と一時にかかわったことは、黒猫だった頃にもなかった。

「それにしても黒澤先生、本当になんともないんですか、身体」

一番ベテランの修子が、心配そうに尋ねる。

「ご心配かけてすみませんでした。しばらく意識が飛んでいましたけど、全然平気です」

「心臓マッサージされながら運ばれていくのを見た時は、ショックで足が震えちゃいました。ご無事で本当によかったです」

「あれだけの事故だったのに骨折ひとつしていないなんて、ほんと奇跡ですよ、奇跡」

かおりと若葉が顔を見合わせて頷いた。

「心臓が止まっても、茶々丸くんを抱いて放そうとしなかったなんて、本当に黒澤先生らしいです。患畜を守るために、自分の命ほっぽり出しちゃうんですから」

尊敬半分、呆れ半分といった口調で野口が苦笑した。

「一瞬のことで何も考えられなかった。気づいたら身体が勝手に動いていたんだ」

「黒澤先生の動物愛は、本能に刷り込まれているみたいですね。とはいえ、もう危ないことはなさらないでくださいね。先生に怪我をされたら、私たちだけでなく動物たちも飼い主さんたちも、みんな困っちゃうんですから」

修子に釘(くぎ)を刺され、桔平は「気をつけます」と素直に頷いた。

「さて、診療を開始しますか」

桔平の号令でそれぞれが自分の持ち場に散った。若葉が用意してくれたエプロンは、胸元に肉球の模様が入った可愛らしいデザインだ。

「どうやって着るのかな、これ」

紐(ひも)を結べずもたもたしていると、「こうするんだよ」と背後から手が伸びてきた。鮮やかな手際で結んでくれたのは、野口だった。

「野口先生、ありがとうございます」

「わからないことがあったら、遠慮しないでなんでも聞いてね」

ポン、と肩を叩かれ、緊張がすーっと解けていくのを感じた。

「肉球エプロン、すごく似合ってるよ」

「あ……ありがとうございます」

――いい人だな、野口先生。

爽やかでとても感じがいい。桔平とは違うタイプだけれど、彼もかなりの美男子だ。

「よぉし、頑張るぞっ」

ロクはふん、と鼻息荒く頷いた。

最初に任されたのは入院患畜のケージ清掃だ。入院室とプレートが掲げられた部屋にはたくさんのケージが並んでいて、ほぼ満室だった。

「おしっこやうんちで汚れたシートを取り換えて、それから消毒。清潔第一ね」

かおりがお手本を見せてくれた。

「じゃあ次、ロクくんやってみて。慌てないでいいからね」

「……はい」

緊張でがちがちになりながら、ケージの前にしゃがんだ。

わんわん、にゃあにゃあ、きゃんきゃん、みゅうみゅう。途端にあちこちで鳴き声が上がる。同時に入院室の空気が変わったのを感じた。

（誰？）（なになに、新しい看護師さん？）

声になって聞こえるわけではないが、きっとそんな感じだ。驚き、緊張、不安といった感情が一緒くたになった靄（もや）のようなものを感じる。閻魔修業の賜物だ。

——それにしても久しぶりだなあ。

地獄の白洲にやってくるのは人間だけだから、こうして他の生き物と接するのは本当に久しぶりだった。

「スタッフの黒澤ロクです。きみたちのお世話のお手伝いをさせてもらうことになりました。看護師さんじゃないけど、よろしくね」

途端に入院室の動物たちが、ぴたりと鳴くのをやめた。

その瞬間、驚きと好奇心の色が濃くなるのがわかった。

――しまった。

ロクは慌てた。今は人間なのだということをすっかり忘れて、動物たちの心の声にうっかり反応してしまった。

「ちょっとすごいじゃない。ロクくんの挨拶で、みんな鳴きやんじゃったよ」

かおりが目を丸くした。

「ああ、えっと、それは」

「まさかロクくん、動物の言葉がわかるの？　動物と話せるとか？」

ロクは「まさか」とぶるぶる頭を振った。

「偶然にしてはすごいタイミングだったけど」

訝る(いぶか)かおりの前でケージ清掃を始めたロクは、無防備に差し入れた手をチワワのメロンにガリっと引っかかれてしまった。

「あいたたた」

「あらら。メロンちゃんからのパンチの効いたご挨拶ね。動物の言葉がわかったら苦労はないものね」

かおりは「ドンマイ、ロクくん」と笑った。

目が回るほど忙しいという桔平の言葉が、大げさでもなんでもなかったことはすぐにわかった。次から次へと連れられてくる患畜に、スタッフ全員でてきぱきと対応している。ケージ清掃が終わると次は餌やりで、それが終わるのを待たずに、待合室でミニチュアダックスがお漏らしをしてしまった。床の掃除が終わりやれやれと汗を拭っていると、「ロクくん、今、手空いてる？」と若葉に聞かれた。

「黒澤先生のお昼ご飯、買ってきてもらえるかな」

他のスタッフは交代で一時間の昼休みを取るが、桔平だけはコンビニで買った菓子パンかおにぎりで昼を済ませ、できる限り診療を続けるのだという。病院から五分の場所に自宅があるというのに、帰って昼食をとる時間すら惜しいらしい。

バックヤードから、診察室をそっと覗いてみる。

「症状はいつからですか？」

「朝ご飯はいつも通り食べたんですけど、晩ご飯を残しちゃったんです。食いしん坊なのに、ちょっと心配になって」

「どれどれ、ちょっと診せてもらおうかな」

獣医として働く桔平の姿に、トクンと胸が小さく鳴った。

「モモちゃん、久しぶり」

「みゃおうん」

「モモちゃんはいつ見ても美人さんだねえ。先生、惚（ほ）れちゃいそうだ」

みゃおん、ともう一度ふてた声を上げながら、それでもモモは嫌がっていない。

(どうせ他の猫にも同じこと言ってるんでしょ、ふん)

そんな感じだ。

「ちょっとお腹も触らせてね……うん、大丈夫。問題なさそうだね」

診察台の上のモモに話しかける桔平の目は、蕩（とろ）けそうなほど優しい。

「黒澤先生、動物に対してはいつもあんな感じなの」

一緒に覗いていた若葉が、隣で小さく苦笑する。

「動物好きの男の子が、そのまま獣医になったっていう感じ？」

確かに動物好きの少年だった昔を思い出し、ロクはそっと口元を緩ませた。

「優しいのは動物に対してだけなんですか？」

「ううん。仕事に対しては厳しいけど、基本優しい先生よ。ただ動物を愛するあまり、人間への愛がおろそかになってる感じは否めないかなあ」

飼い主さんのひとりに世話好きのお婆（ばあ）ちゃんがいて、桔平が独身だと知ると、たびたび見合い話を持ってくるようになった。桔平はそれを断り続けている。いつしかお婆ちゃんの茶飲み友達にまで話が広がり、方々から月に一件ほど見合い話が持ち込まれるが、桔平は写真にも釣書きにも目を通すことなく断っているという。

「『人間には興味がないので』」

「え？」

「黒澤先生の決まり文句。二十九歳っていう微妙なお年ごろだし、かなりのイケメンだし、腕はいいし動物への愛は深い。文句のつけようのないプロフィールだから、お婆ちゃんたちの気持ちもわからなくはないんだけど、本人は『人間には興味がない』の一点張りなの」

ロクの脳裏に、十歳の桔平の笑顔が蘇る。

『でも俺にはロクがいる。だから平気さ』

患畜を診察する後ろ姿に、大人になったなあと感動を覚えたけれど、もしかすると心はあの頃のままなのだろうか。

「あの、桔ちゃんは」

「え、桔ちゃん？」

しまった、と慌てて口を塞いだが遅かった。

「桔ちゃんって、もしかして黒澤先生のこと？」

「ああ、あの、えっと」

冷や汗をかきながら言い訳を探していると、カルテを手にした桔平が顔を出した。ほぼ同時に若葉が受付のみちよに呼ばれ、待合室に飛んでいった。

「桔ちゃん……ぷぷ」

その背中が笑いに震えていた。

ふたりきりになると、桔平はじろりとロクを睨みつけた。

「初日から無駄話とはいい度胸だな、ロク」

全部聞こえていたらしい。

「病院では『先生』。そんな簡単なルールも守れないのか」

「す、すみません。以後気をつけます」

「もう遅い」

縮こまるロクの前で桔平は、はあっと大きなため息をついた。

「武内さんに何を聞こうとした」

「え？」

「何か聞こうとしてただろ、俺のこと」

「ああ……」

――桔ちゃんは、毎日幸せそうですか。

尋ねなくてよかった。そんなことを聞かれた若葉も困るだろうし、「あまり幸せじゃなさそう」と答えられたら、悲しくなるだけだ。

——僕がこれからひと月かけて、確かめればいいんだ。

「忘れちゃいました。大した質問じゃなかった気がします」

桔平は一瞬、疑うように目を眇めたが、「まあいい」と顎で出口を指した。

「早く買い物行ってこい。おにぎりならシャケ、パンならカレーパン」

「わかりました。行って参ります！」

買い物に出ようとした時だ。待合室から「ううう」という犬の唸り声が聞こえてきた。

「パール、どうしちゃったのよ、急に唸ったりして」

問いかける飼い主の腕の中で、フレンチブルドッグが唸りながらもがいている。

「困ったわね。どこか痛いの？　苦しいの？」

飼い主は初老の女性だ。突然唸り出したパールに困惑を隠せない様子だった。すかさずかおりが飛んできて、パールを抱き取る。

「パールくん、こんにちは。どうしたのかな？」

かおりが顔を覗き込むが、パールはふがふがと鼻息を荒らげるばかりで、落ち着きを取り戻す様子がない。

「どこか痛がってる感じじゃないけどなあ」

どうしちゃったのかなあ、とかおりが首を傾げた時だ。腕の中のパールがロクに視線をよこした。その表情に宿っているのは明らかな「怯(おび)え」だった。

パールは隣のソファーに座っている男の子の背中をちらちら見ている。保育園児くらいだろうか、男の子が背負ったリュックサックは、大きな牙を剝き出しにした恐竜の形をしていた。

——もしかして……。

ロクは男の子に近寄り、声をかけた。

「かっこいいリュックサックだね」

男の子はきょとんと顔を上げ、すぐに「うん」とにっこり笑った。

「あのね、これね、キョウリュウジャーのリュックなの。お父さんが買ってくれたの」

「いいなあ。お兄ちゃんにちょっとだけ見せてくれる？」

男の子は「いいよ」とリュックサックを下ろすと、ロクに差し出した。

「わあ、本物の恐竜みたいだ」

「お兄ちゃんも、キョウリュウジャー観てるの？　誰が好き？　ぼく、リュウレッド！」

男の子と会話をしながら、ロクはリュックサックをパールの視界に入らないように隠した。そしてかおりに抱かれたパールに話しかける。

「これは本物の恐竜じゃないよ。ただのリュックサックだよ」

するとじたばたともがいていたパールが、突然動きを止めた。

「飛び出して噛みついたりしないから安心していいよ」

にっこり微笑むと、パールは落ち着きを取り戻した。その様子に周囲が騒然となる。

「すごいよ！　ロクくん、やっぱり動物の気持ちがわかるんじゃない？」

「本当に。まるでパールがリュックを怖がっているのがわかったみたいねえ」

かおりとパールの飼い主が、顔を見合わせる。

――しまった。またやっちゃった……。

ロクは男の子にリュックサックを返すと、慌てて言い訳を考えた。

――どうしよう……なんて言ってごまかそう。

閻魔だということも忘れ、ありとあらゆる嘘や言い訳を考えていると、パールの飼い主が「あら、黒澤先生」と診察室の方を見た。驚いて振り返ると、扉の前になんともいえない表情の桔平が立っていた。

――怒られる……。

身を硬くするロクの肩に、桔平の大きな手のひらがドンと乗った。

「驚かせてすみません。実はロクには昔からちょっと不思議な力があるんです。動物の表情や声の微妙な変化がわかるらしくて、周りの人間にはまるで心が通じ合っているように見えるんです。なあ、ロク」

肩に乗った手のひらに、ぎゅっと力が入る。「話を合わせておけ」という無言のメッセージに、ロクはコクコクと激しく頷いた。

「まだ学生だし、他のことは半人前以下だから、ちゃんとやれるか心配していたんですけど、役に立ったみたいでよかったな、ロク」

さっきより強く肩を摑まれ、ロクは機械的に「はい」と頷く。

「じゃあ黒澤先生は、ロクくんのそういう才能を見抜いてうちの病院に呼んだんですね」

「黒澤先生の家は、動物にかかわることを約束された血筋だったんですね」

かおりとパールの飼い主が興奮気味に頷き合う。その横で桔平は、ロクの耳元に唇を寄せた。

「話は家に帰ってからだ」

低い囁きに、ロクはヒッと身を竦ませた。

「早く昼飯を買ってこい」

「はい、わかりました！」

逃げるように玄関へと駆け出したロクは、開く前の自動ドアに額を強かにぶつけた。

「いたたたた」

額を押さえて照れ笑いするロクに、その場にいた全員が大笑いをする。

しかし桔平だけは鼻の頭に皺をよせ、口を「バカ」と動かした。

先に帰宅したロクは、ソファーの隅にちんまり正座をして桔平を待っていた。

「あーあ、初日から桔ちゃんを怒らせちゃった」

動物の心に二度もうっかり反応してしまった。「僕は閻魔です」と自己紹介したところで誰も信じないだろうが、動物の気持ちに反応してしまったら、普通の人間でないことがバレてしまう可能性がある。

桔平が助け舟を出してくれなければ、どうなっていたかわからない。

何より一番まずかったのは「桔ちゃん」発言だろう。

公私の区別がつかないなんてと、朝までこんこんと説教されるに違いない。

「下手をしたら、クビかな」

クビになれば、仕事中の桔平を監視することができなくなる。監視していないことが閻魔大王に知れたら、桔平はもう一度地獄の入り口に呼び戻されるかもしれない。

「ダメ。それだけはダメ」

ロクはぶるぶると頭を振った。

「もうちょっとしっかりしな……くちゃ……ね……」

拳(こぶし)を握りしめてみたものの、襲ってくる眠気には勝てず、「ふああ」と大きな欠伸(あくび)が出た。突然与えられた人間の身体と、人間としての生活。まだどこか戸惑いを拭いきれない中で始まった動物病院での勤務。雑用とはいえ、ロクはいっぱいいっぱいだった。

「明日からは……もうちょっと……ふぁぁ……頑張らなくちゃ」

心身ともに困憊したロクは背もたれに頭を預け、いつの間にか眠りに落ちてしまった。


「早くしろ、ロク」

「ちょ、ちょっと待ってください。シャツのボタンが上手く留められなくて」

「練習しておけと、あれほど言っただろ」

「この小さい穴に通すの、結構難しいんです……うう、できない」

「ああもう、いい、手を放せ」

チッと舌打ちしながら、桔平はロクのシャツのボタンを上から順に三秒ですべて留めた。

「桔ちゃん、ボタン留めるの本当に上手ですね。神業です」

「ボタンを留めて褒められたのは、二歳の時以来だ」

『くろさわ動物病院』で働き始めて三日目の朝、クローゼットに備えつけられた姿見の前で、とっくに支度を終えた桔平は、イライラとロクの寝癖を直す。

「今朝もひどいな。ちゃんとドライヤーかけたのか」

「かけてもこうなっちゃうんです」

「言い訳とか百万年早い。置いていくぞ」

「あ、ちょっと待ってください」

一足先に玄関を出た桔平の背中を、ロクは躓きながら追いかけた。

初出勤だった一昨日、疲れ果てたロクは桔平の帰宅を待たず、ソファーで眠ってしまった。ところが翌朝目覚めると、パジャマに着替えて布団の中にいた。帰宅した桔平が着替えさせ、布団まで運んでくれたのだ。

『おはようございます……』

閻魔の使命はどこへやら、のそのそと起き出したロクを、桔平はキッチンからちらりと横目で睨み『今朝はハムエッグとトーストだぞ』と言った。

前日の失態を叱られるだろうと覚悟していたロクは、パジャマ姿のまま拍子抜けする。

『あの、昨日は僕、いろいろと失敗を……』

『想像以上の粗忽者だな、お前は』

『……すみません』

項垂れながらちらりと見上げた桔平の横顔にはしかし、怒りの色はなかった。

『俺がああ言っておいたから、怪しまれることはないだろ。不思議ちゃんだとは思われても、よもや閻魔だとは誰も思わないさ』

『それじゃ僕、昨日みたいに動物たちの心を感じてもいいんですか？』

『動物たちがどこか痛がっているのか、ただ怯えているだけなのか、それがわかれば俺たちも助かるからな』

思いがけない言葉に、ロクはぱっと笑顔になる。

『僕、桔ちゃんのお役に立てるんですね』

『ただし、ただしあまりあからさまにならないように気をつけるんだぞ』

『はい！』

窓から差す朝日のように笑顔を輝かせるロクに、桔平は『さっさと食っちまえ』とテーブルを指さしたのだった。

その日も『くろさわ動物病院』は朝から大忙しだった。ロクも不器用なりに少しずつ手順を覚え、ケージ清掃も初日よりかなり手際よくできるようになった。ロクが入院室に入っていくと、患畜たちが一斉に好奇心と歓迎の色を放つ。

（ねえきみ、猫でしょ？）（猫なんでしょ？）（人間の形しているけど、猫なんだよね？）

ロクは答えを声には出さず、にっこりと頷いてみせるのだった。

新しいスタッフが増えた。大学生のアルバイトで、何やら動物の心を読む不思議ちゃんらしい――。噂（うわさ）はあっという間に飼い主たちに広まった。

「ロクくん、動物の心がわかるって本当？」

待合室の雑誌ラックを片付けていると、佐々木（ささき）という女子大生に話しかけられた。文鳥の小次郎（こじろう）の元気がないのだという。

「そんな。動物が好きすぎて、ちょっと敏感なだけです」

「やっぱり獣医を目指してるの？」

「いいえ」

「大学どこ？　何学部？」

「それは……えっと」

そういう時のためにと桔平が用意してくれた大学名と学部名を口にすると、佐々木は「マジ？」と嬉しそうに目を見開いた。

「私もそこの大学なの！」

ロクは思わず「え、そうなんですか」と後ずさる。

「うん。英文科。ロクくんって経済の何年？」

「……三年生です」

「マジ？　私も三年なんだけど」

戸惑うロクをよそに、佐々木はひとりで盛り上がっている。

「ロクくんって苗字なんだっけ」

「……黒澤です」

「あそっか。黒澤先生の従弟だったよね」

佐々木はピンク色のバッグからいそいそとスマホを取り出した。

「ね、この子知らない？　タカハシサヤカ。私の親友なんだけど、ロクくんと同じ経済の三年だよ？」

「ちょ、ちょっとわからないです。ごめんなさい」

「経済って人数多いもんね。でもマジすごい偶然だね」

興奮気味に話す彼女に、ロクは戸惑う。

「ね、ロクくん、バイト上がったらお茶しない？」

「お、お茶？　ですか？」

「私も動物好きなんだよね。だから話合うと思うんだ。今日が無理なら明日とかでもいいよ。夏休みだし、ロクくんに合わせる。休みいつ？」

「えっと……」

――どうしよう、困ったな。

嘘つきを裁くのが仕事のロクは、嘘をつくのが苦手で下手だ。実は大学には通っていません、嘘をついてすみませんと、正直に謝ってしまいたい衝動に駆られる。雑誌を手にしたままおろおろしていると、背中から「なんだか賑（にぎ）やかだね」と明るい声がした。

「野口先生！」

「ロクくん、修子さんが呼んでたよ。急いで来てって」

「え？　修子さんが？」

修子は今、昼休みで外へ出ているはずだ。きょとんとするロクに、野口は「早く行って」と小さくウインクをしてみせた。

「あ……はい、わかりました」

ロクは雑誌を棚に戻すと、修子のいるはずのないバックヤードへ急いだ。

「こんにちは、佐々木さん。小次郎くんが元気ないんだって？」

「そうなんですよぉ。今朝からずっと機嫌が悪いみたいで」

「どうしちゃったのかな？　多分次、呼ばれると思うよ」

「ホントですか。よかった」

「いつもお待たせしてすみませんね」

ふたりの会話を背中で聞きながら、ロクはふうっと安堵のため息をついた。

——野口先生、僕を助けてくれたんだ。

なんていい人なんだろう。感激に胸を熱くしていると、すぐに野口が戻ってきた。

「やれやれ、最近の若い女の子は積極的だね」

「野口先生、ありがとうございました」

駆け寄るロクに、野口はにこやかに首を振った。

「ぐいぐい迫られちゃって大ピンチ、って感じたんだけど、当たってた？」

「僕、ああいう時どうしたらいいかわからなくて……本当に助かりました」

地獄の白洲には、いつも罪の気が満ちていた。生臭くてどす黒いそれは決して心地の良いものではない。彼女が漂わせていた香水と化粧品の匂いは決して嫌な香りではなかったけれど、罪の気とは別の息苦しさを覚えた。

「飼い主さんと個人的なお付き合いをすると、ロクくんが黒澤先生に叱られるからって、佐々木さんには言っておいたから」

「気を悪くされていませんでしたか？」

「こういうのは最初が肝心なの。その気がないならきっぱりお断りした方が、相手を傷つけずに済む。ロクくんが佐々木さんと『ぜひデートしたい』って言うなら話は別だけど」

ロクはぶるぶると頭を振った。

「お気遣いありがとうございました。桔ちゃ……黒澤先生に怒られずに済みます」

「ロクくん、黒澤先生のこと、桔ちゃんって呼んでるんだって？」

無愛想な院長が「桔ちゃん」と呼ばれていることは、どうやら院内に広まってしまったらしい。

「いいなあ、黒澤先生。ロクくんみたいな可愛い従弟がいて」

「え？」

「俺もロクくんに『直ちゃん』とか呼ばれてみたいよ」

「へ？」と目を白黒させるロクに、野口は「冗談」と笑った。

「ほんと、ロクくんって面白い。きみと一緒だと、きっと退屈しないだろうね」

「はあ……」

褒められているのだろうか、それともからかわれているだけなのか。

「また何か困ったことがあったら、すぐに俺を頼っていいよ。黒澤先生みたいに怒ったりしないで、優しく助けてあげるから」

「はい。ありがとうございます」

じゃあね、と野口が去っていく。

「優しいなあ、野口先生……」

ロクは遠ざかっていく背中に、もう一度「ありがとうございました」と呟いた。

忙しかった一日がようやく終わったのは、午後七時過ぎのことだった。バックヤードで患畜たちにもみくちゃにされたエプロンを外し「ふああ」と大きく伸びをした。

「お疲れ、ロクくん」

「頑張ったね、ロクくん」

「また明日ね」

着替えを済ませた看護師たちが、スタッフ用の出入り口から出ていく。

「修子さん、かおりさん、若葉さん、お疲れさまでした。明日もよろしくお願いします」

「ロクくんは、黒澤先生待ち？」

　ひと足遅れて出てきた野口に尋ねられ、「いえ」と首を振った。

「待っていようかと思ったんですけど、まだしばらく終わらないから先に帰ってろって言われちゃいました」

「黒澤先生、残務処理も手を抜かないからなあ」

　野口は苦笑しながら「それじゃあ一緒に帰ろうか」と誘ってきた。

「途中まで同じ方向でしょ。そこのコンビニのイートインで何かご馳走するよ」

「えっ」

「今日も一日頑張ったご褒美」

「……でも、僕」

「何か用事があるの？」

「はい。ちょっと勉強をしようかと」

　心を感じることはできても、動物のことをすべて理解できるわけではない。ひと月も動物病院で働くのだから、基礎的な知識だけでも身につけておきたいと思ったのだ。晩ご飯を食べたらきっとすぐに眠くなってしまう。だから桔平が帰ってくるまでのわずかな時間だけでも、勉強にあてたかった。

「ロクくん、経済学部だよね。獣医を目指しているわけじゃないんでしょ？」

「はい。でもなるべく桔……みなさんの足を引っ張らないようにしないとと思って」

「わお。すっごく真面目なんだね」

「そんな……」

少しでもいいから好きな人の役に立ちたい。下心だらけの勉強なのだけれど。

「そういう真面目な子には、なおさらご馳走したくなるね。今日は暑いから、アイスとか食べたくない？」

「アイス……」

チーズと肩を並べる、大好物の筆頭だ。

「先週発売になったクリームチーズアイスっていうのが、すごく美味しいんだって。さっき若葉さんが言ってた。食べてみない？」

「クリームチーズ……アイスですか」

チーズとアイス。最強のコンボを提示され、口の中によだれが広がる。

「美味しいアイス食べて、今日の疲れを癒して帰った方が、勉強も捗るんじゃない？」

「そう……かも、です」

アイスに右腕を、チーズに左腕をがっちりホールドされた気分だ。

「じゃ、行こうか」

にっこり微笑む野口に背中を押され、気づけば「はい」と頷いていた。

イートインコーナーで脳まで蕩けそうなクリームチーズアイスをご馳走になり、夢見心地で家に戻った。

「桔ちゃん、まだお仕事終わらないんだ」

ロクはリビングの電気を点けると、ソファーに陣取った。傍らに置かれた本を手に取り、いそいそと開く。『動物のことを少しでも知りたい』と言い出したロクに、桔平が用意してくれた動物図鑑だ。

『俺が中学生の時に読んだ図鑑だから、ボロいしちょっと物足りないかもしれないが、あんまり専門的なのよりわかりやすいだろ』

——桔ちゃんが中学の時に読んだ図鑑。

まだ手元にあるということは、きっと大切な本なのだろう。それを自分に貸してくれたことがたまらなく嬉しかった。

「桔ちゃん、どんな中学生だったのかな……」

開いた図鑑に鼻を近づけ、すん、と嗅いでみる。桔平の匂いはしなかったけれど、胸の奥が少しだけ熱くなった。

ロクの脳裏にあるのは十歳の桔平だ。『ロク！　お待たせ！』と呼ぶ声は、まだ少年のそれだった。ガシャガシャとランドセルが揺れる音と、パタパタという足音が、今も耳に残っている。

中学生の桔平。高校生の桔平。大学生の桔平。全部すっ飛ばしてロクの前に現れたのは、獣医になった二十九歳の桔平だった。

「僕が最初から人間で、本当に桔ちゃんの従弟だったら、もっと早くこの本貸してもらえたのかなあ」

時間を巻き戻すことはできないし、何よりロクは人間ではない。

黒猫だった過去を持つ閻魔。この形は、閻魔大王が与えてくれた仮の姿でしかない。

「ま、桔ちゃんとひと月も一緒にいられるだけで、十分幸せだけどね」

ふふっと図鑑に頬ずりしたところで、お腹がぐ〜っと大きな音を立てた。さっき食べたアイスは、あっという間に消化されてしまった。桔平が帰ってくる気配はまだない。

「お腹空いた……」

ロクはテーブルに図鑑を置くと、キッチンに向かった。食品の入っている引き出しを開けると、ポテトチップスやクッキーといったお菓子の袋がいくつか入っていた。

「そうだ、チーズあるかな」

この間サンドイッチを作ってくれた時の残りが、まだあるかもしれない。

「あのサンドイッチ、美味しかったなあ」

冷蔵庫の扉に手をかけた時だ。ふと傍らにある小さな段ボール箱が目に入った。『試供品』と書かれたその箱の中には、缶詰らしきものがいくつか放り込まれていた。

「なんの缶詰だろう」

何気なくひとつ、手に取ってみた。

「びっくり……キャット」

ロクは思わず「わっ」と声を上げて破顔した。

「『びっくりキャット』だ！　あの時のキャットフードだ！」

『あんまり美味しくて、猫びっくり仰天』というキャッチフレーズで有名なそれは、味も値段もびっくりの高級品だ。黒猫時代に一度だけ食べたことのある思い出の一品であり、今もって憧れの一品でもある。食べさせてくれたのはもちろん、小学生だった桔平だ。

忘れられないあの味が、今ここにある。ロクはごくりと唾を呑んだ。

「一、二、三、四……」

二十個以上ある。ひとつくらいなくなっても、桔平は多分気づかないだろう。

「もう一回、びっくり仰天したい」

ロクはもう一度、唾を呑み込むと、缶詰をひとつ手に取った。

――僕は黒猫だもん。

――でも今は、誰が見ても人間の姿をしている。

――でもでも、元は黒猫だもん。

――でもでもでも、今は……。

「やっぱり我慢できない。食べちゃおうっと」

お腹に虫に負けて、プルタブに手をかけた時だ。

「おい、ロク、どこにいるんだ」

突然背後から近づいてきた声に、ロクは「ひゃっ！」と短い悲鳴を上げた。

その瞬間、頭頂部の左右から真っ黒な猫耳が、尾てい骨のあたりからこれもまた真っ黒な尻尾が、ひゅるんと飛び出すのがわかった。

——うわあっ、マズイマズイマズイッ！　どうしよう！

突如襲ってきた大ピンチに、全身の毛孔から汗が噴き出した。

「ロク、そこにいるのか」

キッチンの入り口で桔平の足音が止まった。あたりには猫耳を隠せそうなものは何もない。おまけに尻尾の先がズボンのウエストから覗いている。ロクは成すすべもないまま両手で頭を覆い、床に蹲（うずくま）った。

「……何やってんだ、お前」

五秒後、不審者を見つけたような声が、頭の上に落ちてきた。

「おお、お帰りなさい。ずずず、ずいぶん静かなお帰りですね」

そっと目を開けると、数十センチ先に桔平のスリッパの先が見える。

「お前がまた眠りこけていたらいけないと思って、そっと入ってきたんだ」

「な、なんというありがたきお気遣い。かたじけないでございます」

極度の緊張で会話もままならない。万事休すと思ったのだが。

「なんの真似だか知らないが、コスプレとかそういうの、俺はまったく興味ないからな」

「……へ」

「いつに間にそんなもの買ったんだ」

桔平は「とっとと外せ」と踵を返してリビングに戻っていった。どうやらロクの猫耳と尻尾を、ただのコスプレだと思ったらしい。ロクはのろりとその場に立ち上がった。まだ心臓がバクバクいっている。

「ったく、くたびれて帰ってきたらお前がキッチンにいるから、晩飯の用意でもしてくれてるのか、なかなか気が利くじゃないかと思ったら。コスプレ？　なんだそれは」

意味がわからんと首を傾げながら、桔平はダイニングテーブルの上に溜まっていたダイレクトメールを、ポイポイゴミ箱に放り込んでいる。

「あと、お前が漁っていたそれ、猫用だからな」

「え？」

「キャットフードの試供品だ。人間の食い物じゃない」

「あ……はい。すみません」

つまみ食いしようとしていたことはバレていたらしい。照れ隠しに「へへ」っと鼻の頭を掻くと、桔平がぎょっと目を上げた。

「知ってて食うつもりだったのか？」

「どんな味かなあと思って」

「腹が減ったからってキャットフードを食うな。そっちの棚にカップ麵とかあっただろ。猫耳つけてキャットフード食うとか。お前は閻魔なのか猫なのかどっちなんだ」

——どっちもです。

心の声は、胸の奥にしまい込む。

——桔ちゃん、本当に何もかも忘れちゃったんだな……。

真っ黒な耳と尻尾を見ても、何も思い出してくれなかった。『びっくりキャット』のパッケージはあの頃とほとんど変わっていない。段ボール箱に無造作に入れられた試供品が思い出のキャットフードだということも、完全に忘れてしまっているのだ。

「……すみませんでした」

落ち着きを取り戻すと、猫耳と尻尾がすーっと引っ込んでいくのがわかった。ようやく絶体絶命の緊張から解放された。

「それと、そんなにビクビクしなくていい。キャットフードを漁ったり、わけのわからないコスプレしたくらいで、怒ったり殴ったりしない。いちいち怯えるな」

プチパニックに陥ったロクが頭を抱えて蹲ったのを見て、桔平は怯えているのだと勘違いしたらしい。

「俺、そんなに怖いか？」

「怖い？　桔ちゃんがですか？」

「たまに聞こえてくるんだ。飼い主さんたちが話しているのがさ」

最後のダイレクトメールをゴミ箱に放り入れると、桔平はガシガシと頭を掻いた。

「黒澤先生は、腕はいいんだけど愛想がないわねって。ちょっと怖いわよねって」

ロクはぶんぶんと頭を振った。

「僕はちっとも怖くないです」

「頭抱えて震えてたくせに？」

「キャットフードを盗み食いしようとしたのを見つかって、びっくりしちゃっただけです。盗み食いは窃盗です。窃盗を働いたら等活地獄のひとつ先の黒縄地獄に送られるんですよ？　黒縄地獄の苦しみは、等活地獄の百倍なんだそうです」

「罪と罰の重さのバランスがめちゃくちゃだな。というかバレなきゃいいのかよ」

桔平が苦笑する。

「桔ちゃんが見つけてくれたおかげで、黒縄地獄に堕ちなくてすみました。ありがとうございます」

ロクはにっこりと微笑み返した。

「桔ちゃんは怖くなんかありません。優しい人だと思います」

「三日や四日で何がわかるんだ」

「わかりますよ。だってビーフシチューを食べられなかった僕のために、サンドイッチを作ってくれました」

チーズはロクの大好物だ。たとえ桔平がそれを忘れてしまっていても、ロクは嬉しくて泣きそうになった。

「パールの心を感じたことがみんなにバレて困っていた時、助けてくれました。うたた寝しちゃった僕をベッドに運んでくれました。シャツのボタンも留めてくれました」

桔平は怖くなどない。愛想は悪いけれど、心は誰より温かいのだ。昔も今も。

――僕は知ってるんだ。桔ちゃんがどんなに優しい人なのか。

「桔ちゃんは優しい人です。僕が保証します。絶対です」

ムキになったように力説するロクに、桔平は一瞬ぽかんとしたが、すぐに表情を緩めた。

「見習い閻魔に保証されてもなあ」

意地悪な物言いとは裏腹に、その顔には照れたような笑みが浮かんでいた。

「嘘じゃないです。閻魔は嘘はつきません。僕は本気で――」

「わかったわかった。シャワー浴びてくる」

桔平は手をひらひらさせながら、風呂場に向かっていった。

「桔ちゃんより優しい人なんて、僕は知りません」

その広くて逞しい背中に、ロクは小さく呟いた。


「ロク、お前も飲むか？」

ほどなく桔平が風呂場から戻ってきた。首にタオルをかけ、冷蔵庫の前で缶ビールを二本持っている。髪がまだ少し湿っている。

「僕は……」

酒を飲んだことがない。聞くところによると大層苦いのだけれど、飲むと楽しい気分になるものらしい。その昔、飲酒は大罪だった。現世で酒を飲んだ者は黒縄地獄の先にある衆合地獄の、さらに先にある叫喚地獄に堕とされたのだが、近年はもちろんそんなことはない。

「いただきます。ビール、飲みたいです」

冷蔵庫の前に駆け寄り、桔平の手から缶ビールを取り上げてダイニングテーブルに置くと、桔平は「んな慌てなくても、ビールは逃げたりしない」と苦笑した。

「つまみはスーパーの総菜だからな。今日はさすがに疲れて、晩飯を作る気がしない」

「僕、お皿に移します」

「いい心がけだ」

「お任せください！」

唐揚げやポテトサラダを皿に移し替えるだけの簡単なお仕事。けれどどんな些細なことでも桔平の役に立てることが、桔平が喜んでくれることが、嬉しくてたまらない。

「乾杯」

「……乾杯」

レンジでチンした総菜を前に、缶と缶を軽くぶつけあう。ドキドキしながらひと口含んだ液体は想像以上に苦く、ロクは思い切り顔を顰めてしまった。

「無理すんな。どうせ酒を飲んだことないんだろ。よこせ」

伸びてきた桔平の手から、缶ビールを守る。

「嫌です。お酒というものを、いつかは飲みたいと思っていたんです」

閻魔はものを食べるという行為と無縁だが、ロクには黒猫だった時代の記憶がある。お腹が空いた。喉が渇いた。苦い。甘い。酸っぱい。美味しい――。

十九年ぶりに感じる、すべての感覚が愛（いと）おしく懐かしい。

「どうだ。仕事、少しは慣れたか」

桔平が尋ねる。ロクはポテトサラダを頬張りながら「はい」と頷いた。唐揚げも早く食べたいけれど、もう少し冷まさないと火傷（やけど）をしてしまう。

「みなさんとても親切に教えてくださいますし、飼い主さんたちもいい人ばかりです」

「忙しすぎて、俺の監視どころじゃないんじゃないのか？」

缶に口をつけながら、桔平がにやりとする。痛いところを指摘され、ロクは「うっ」と返答に詰まった。一日中待合室とバックヤードを行ったり来たりしているロクには、カーテンで仕切られた診察室にいる桔平の姿を監視することは難しい。

「閻魔大王に叱られるんじゃないのか？」

「だ、大丈夫です。診察室の前を通る時に、毎回ちゃんとチェックしていますから」

あわあわと言い訳をする。桔平は「チェックねえ」と胡散臭そうに苦笑したが、それ以上突っ込んではこなかった。

「まあ、お前が無理なくやれているんなら、それでいい」

「おかげさまで。楽しく働かせていただいています」

「お前のこと、ずいぶん目にかけてくれているやつもいるみたいだしな」

「え？」

誰のことだろう。ロクの頭にはスタッフ全員の顔が浮かんだ。

「野口先生に、えらく懐いてるみたいじゃないか」

「野口先生ですか？」

ロクはきょとんと首を傾げた。

「さっき、ふたりで寄り道したんだろ？」

「ああ……」

通用口のところで野口に誘われたのを、桔平は聞いていたらしい。

「野口先生にアイスをご馳走になったんです。先週発売になったばっかりのクリームチーズアイスっていう新商品なんですけど、桔ちゃんはもう食べましたか？」

桔平はビールを呷（あお）りながら首を横に振った。

「すんご〜〜く美味しかったですよ。桔ちゃんもぜひ食べてみてください。僕、明日帰りに買ってきましょうか」

「遠慮する。甘いものはあまり食べない」

「そうなんですか……」

子供の頃はひとつのアイスを分け合って食べたのに。大人になるとつまらないなとロクは少しがっかりする。

「野口先生、本当にいい人ですよね。エプロンの紐を結んでくれたり、困っているところを助けてくれたり」

「みたいだな」

「困ったらなんでも相談してってって言ってくれました。とても感謝しています」

「よかったじゃないか」

なぜだろう、ちょっと不機嫌そうな口調に、ロクはポテトサラダをつまむ手を止めた。

「いけなかったでしょうか」

「ん？」

「野口先生にアイスをご馳走になったりして」

「誰がいけないと言った。お前の好きにすればいいだろ」

それならなぜ桔平は面白くなさそうなのだろう。

「桔ちゃん、もしかして……」

言い澱んでいると、桔平は「なんだ」と視線を上げた。

「いえ……」

「言いかけてやめるなよ」

「桔ちゃんもしかして、野口先生のこと、嫌いなんですか？」

思い切って尋ねてみると、桔平は「は？」と驚いたように目を瞬かせた。

「野口先生はうちのスタッフだ。俺の大事な相棒で右腕だ。好きとか嫌いとか、考えたこともない」

「嫌いじゃないってことですね？」

「好きも嫌いもない。俺が一番頼りにしているスタッフ。それだけだ」

きっぱりと言い切った桔平から、嘘の気配は感じない。ロクは安心する。

「よかったです。もしかしたら仲が悪いのかと思ったので」

「何をどうするとそういう発想になるんだ。俺たちは友達じゃない。仕事仲間だぞ。好きとか嫌いとか仲がいいとか悪いとか、考えたこともない」

『人間には興味がないので』

桔平の決まり文句を思い出し、あれは本当だったんだなと可笑しくなる。

「そういえば桔ちゃん、なんで猫、飼わないんですか？」

夕方、ふたりで入院患畜の世話をしていた時に、修子が話してくれた。

『黒澤先生はね、実は猫ちゃんが一番好きなのよ。どんな動物も好きだし診察は平等だけど、猫は特別みたい。目を見ていればわかるの。診察室に猫が入ってくると、他の動物の時より目がキラッてするの。口には出さないけど、あれは絶対に猫ちゃんラブね』

『へえ……』

『ご自宅で飼われないんですかって、前に一度聞いてみたんだけど』

猫は飼わないと決めている。桔平はきっぱりそう答えたという。

『どうしてなんでしょう』

『さあ。きっと診療が忙しすぎるからかもね。ひとり暮らしだし、夜間診療の日もあるし、自宅でまで動物の相手をするのはさすがに大変かもね』

修子はそう言っていたが、ロクには何か別の理由があるように思えてならなかった。

閻魔の勘のようなものだ。

「野口先生は、ご自宅で猫を五匹飼っているそうです」

「別に野口先生がキリンを飼おうがゴリラを飼おうが、俺には一切関係ない。飼いたいやつは飼えばいい」

「桔ちゃんは飼いたくないいんですか？」

「ゴリラを？」

「猫です。猫」

「一生飼わない。……つもりだったのに、なんの因果か猫のコスプレする閻魔見習いの面倒を見るはめになった。猫より手がかかる」

チロリと睨まれ、ロクは「すみません」と項垂れる。

桔平は残りのビールを一気に飲み干すと、乾いた声で言った。

「それがお前の仕事なんだろう」

「……はい」

とは言ったものの、正直自分の任務を忘れかけている。こうして桔平と過ごす時間が楽しすぎて、気をつけないと監視という言葉が簡単に頭から抜け落ちてしまう。

——僕は今、仕事をしているんだ。

ひと月後には、またあの薄暗い地獄の入り口に帰らなくちゃならないんだ。強く自分に言い聞かせたら、胸の奥がチクリと痛んだ。

すっかり俯いてしまったロクの前に、唐揚げの載った皿が差し出された。

「そろそろ冷めたんじゃないのか」

「……え」

顔を上げたロクに、桔平は「わりと美味いぞ」と目元を緩めた。

猫舌のロクが、唐揚げが冷めるのを待っていたことに、ちゃんと気づいていてくれたのだ。そんな些細な優しさで、心がじんわり温かくなる。

嬉しくてたまらないのに、同時にとても寂しいと感じてしまう。桔平がくれる優しさの欠片を、このひと月でいくつ集めることができるだろう。過った思いを振り払うように、ロクは唐揚げを口に放り込んだ。

「ん、ほんほら。おいひいれす」

「おい、ひと口で食うな。噎せるぞ」

「らいりょうぶ……ぐっ、ぶふっ」

案の定、噎せてしまった。慌ててビールで流し込もうとして、余計に噎せてしまった。

「げほっ……」

「何やってんだよ。本当にそそっかしいな」

呆れたように笑いながら、桔平はグラスに水を注いできてくれた。

「すみません。ありがとうございます」

「ビールはもうやめとけ」

ロクのビールを引き寄せると、ほとんど減っていない缶に口をつけた。

——わあ、間接キスだあ……。

間接キスをしているのは桔平なのに、なぜかロクの方がドキドキしてしまう。

黒猫だった頃には、直接キスもしてくれた。桔平は忘れてしまっているだろうけれど。

ひっそりにやけていると、桔平が視線を缶に落とし「不思議なんだ」と呟いた。

「あらゆる動物の中で猫が一番好きだ。それは確かだ。でも自分では飼いたくない。どうしても飼えないんだ。保護猫を引き取ろうと思ったことは何度もあった。けどどうしてなのか、直前でいつもやめてしまう。自分でもよくわからないんだ」

桔平が視線を上げる。

「特定の猫を可愛がると、誰かが悲しむような気がする」

「……え」

ドクン、と心臓が鳴った。

「それが誰なのかはわからない。本当にそんな相手がいるのかどうかもわからない。だけどそんなふうに感じてしまうんだ……昔からずっと」

間違いない。それはきっと自分のことだ。

——桔ちゃん、全部忘れちゃったわけじゃないんだ。

「十歳の時に両親が離婚したって話、したよな」

「……はい」

「十一歳になる直前に父親が死んだ。原因は火事だ。ショックだったのか、母親は心を病んで入退院を繰り返すようになって、ほどなく死んだ」

隣県でアパート暮らしをしていた母は、生前ひとり息子の桔平が訪ねていくことをあまり喜ばなかったという。桔平はアルコールの力を借りるように、勢いよくビールを呷った。

「全部祖父ちゃんに聞かされた話だ。実は、俺は何も覚えていない」

十歳の一年間の記憶がまったくないんだ。桔平は吐き出すように言った。

ドクン、ドクン、ドクン。鼓動が大きく鳴る。

「両親が離婚してから火事までの一年、カッターナイフでスパッと切り取ったみたいに、記憶が欠落しているんだ。火事の現場に、確かに俺はいた。ただ記憶にあるのは、雪景色の中で赤々と燃えている家と、救急車で運ばれていく父親の姿だけ。なぜ火事になったのかも、どうして自分がそこにいたのかもまったく覚えていない。医者にはショックで前後の記憶を失くしたんだろうと言われた」

息を継ぐように、桔平はまたビールを呷る。

「祖父ちゃんも祖母ちゃんも、医者と同じことを言った。お前のせいじゃないと。お前は何も悪くないんだから早く忘れてしまいなさいって。詳しいことは何も話してくれないんだ。両親の離婚から火事に至るまでの詳しい経緯を、誰も、何も話してくれない。だから俺の記憶に残っている最後の父は、母との離婚が決まって、玄関を出ていく後ろ姿だ」

じゃあな桔平。元気でな。それが父親についての最後の記憶だという。

焦点が合っているようで合っていない。桔平の瞳はロクの向こう側にある、遠い過去を探しているようだった。

「祖父ちゃんは、人としても獣医としても尊敬できる人だった。俺が小さい頃から動物好きなのも『俺の血を引いたな』って喜んでくれて……だから獣医になることにも『くろさわ動物病院』を継ぐことにも、なんの迷いもなかった」

「お祖父さまやお祖母さまとの暮らしは、楽しかったですか？」

そう尋ねると、桔平の瞳の焦点がすーっとロクに合わされた。

遠い過去から、現実に戻ってきたように。

「ああ、楽しかった。少なくとも毎日のように言い争いをしていた両親のもとで暮らしていた頃よりは、ずっと心穏やかだったな。祖父ちゃんも祖母ちゃんも、これでもかってくらい俺に愛情を注いでくれた」

「そうですか……」

よかった。ロクはそっと静かに微笑む。

閻魔になってからも、桔平がどこで何をしているのか、ずっと気になっていた。祖父母の愛情を受けて幸せに暮らしていたことを知って、胸に安堵が広がる。

「多分、俺に『特定の猫を可愛がらないで』と訴えてくる誰かは、抜け落ちた一年間の記憶の中にいるんじゃないかな」

「……え」

「確信はない。そもそもそんな『誰か』なんて存在しないのかもしれない。でも、なんとなくそんな気がするんだ」

「…………」

ロクには何も答えられない。胸の中で「思い出して」と「思い出さないで」が激しく交錯する。悲しい記憶は消し去って、楽しかったことだけを、カッターナイフで切り取ったように思い出してほしい。そんなことできるはずもないのに、そう願わずにはいられない。

「変だよな。こんなのって」

自嘲気味に口元を歪める桔平から目を逸らし、首を振るしかなかった。唇を噛みしめるロクに、桔平がふっと笑った。

「なんでお前がそんな顔するんだ」

「……え」

「世界中の悲愴を背負ったみたいな顔してるぞ」

クスクス笑う桔平につられて、ロクもようやく表情を崩す。

「唐揚げもう食わないのか？　俺が全部食っちまうぞ」

桔平が唐揚げに手を伸ばした。

「ダメです。僕ももっと食べますよ」

「残り五個だから、俺が三個。お前は二個な」

「えー、僕も三つ食べたいです」

「ならじゃんけんだ」

「いいですよ。僕、絶対に勝ちます。負ける気がしません」

じゃんけんぽん。勝ったのはロクだった。

桔平は本気で悔しがり、ロクは「やったあ」と両手を上げ、椅子から立ち上がった。

こんな時間がずっと続けばいいのに。桔平の楽しそうな顔を、ずっとずっと見ていられたらいいのに。唐揚げを頬張りながら、込み上げてくる涙をこらえた。

桔平の抜け落ちた記憶の中にいる黒猫のロクと、現世に遣わされた見習い閻魔のロク。同じロクなのだと桔平が気づくことは、永遠にない。

――思い出さない方がいいんだ。絶対に。

「この唐揚げ、本当に美味しいですね。僕、あと十個は食べられそうです」

「大食い閻魔め」

桔平が呆れたように笑う。

膨らみそうになる「気づいてほしい」という願いを、ロクは笑顔の裏側にそっと隠した。


閻魔になる前、ロクは黒猫として現世で暮らしていた。

親猫の顔は知らない。誰かに飼われていた記憶もない。生まれてすぐに捨てられたのかもしれないし、最初から野良だったのかもしれない。とにかく気づいた時には、古びた神社の縁の下をねじろにしていた。

腹が減ると、繁華街や住宅街に餌を求めて出かけた。スーパーマーケットの裏口に積まれたゴミ袋を漁ったり、道路に並んだゴミ収集所の網をかいくぐったり。人間に見つかって追い払われることはしょっちゅうで、棒を持って追い回されたりもした。餌探しはいつも命懸けだった。

それでも餌にありつけた日はラッキーで、手水舎の水だけで何日も過ごさなければならないこともあった。

その日もロクは腹ペコだった。最後に餌を口にしてからどれくらい時間が経ったのかもわからなくなりつつあった。スーパーの裏口もごみ収集所も空振りで、ふらふらしながらねじろの神社に戻ってきたロクは、敷地の入り口でぎょっと足を止めた。

境内の階段に男の子がひとり、ぽつんと座っていたのだ。

きりりと整った顔立ちなのに表情がなく、どこか冷めたような瞳をしている。もうすぐ日が落ちるというのに、何をするでもなくただぼーっと、正面を見つめていた。

廃墟同然のこの神社は、枯葉を踏む音が周囲の森に響くほど静かな場所だ。昼間でも薄暗く、毎朝老人がひとりふたり、散歩がてら参拝にやってくるくらいだ。

——こんなところに、ひとりで何しに来たのかな。

男の子は背中に黒いものを背負っている。あれは確かランドセルとかいう名前の鞄だ。少し前に住宅街で彼と同じ年ごろの少年に石を投げつけられたが、その少年も似たような鞄を背負っていた。

——見つかったら、また石を投げられるかもしれない。

ロクは足音を忍ばせて歩き出したのだが。

「あっ、猫！」

男の子がぴょんと立ち上がった。その瞬間、ほの暗い瞳に子供らしい光が宿った。

——しまった。気づかれちゃった。

ダッシュで本殿の裏に回ろうとしたが、お腹が空きすぎて足が思うように動かない。

「待て、猫！」

男の子が追いかけてくる。ふらふらになりながら必死に逃げたが、無情にも縁の下に潜り込む寸前、男の子に捕らえられてしまった。

「捕まえた！」

「ぶみゃごぉぉ！」

放せ！　放さないと引っかくぞ！　と必死に訴えた。

棒で殴られるのだろうか、それとも猫鍋にされてしまうのだろうか。手足をばたつかせて暴れるロクを、男の子はその胸にふわりと抱きしめた。

「こら、暴れるなって」

「ぶみゃあああ」

「よかった。そんな声出せる元気、あるんだな」

——え？

ロクは思わず動きを止め、男の子を見上げた。さっきまで無表情だった顔に、子供らしい楽しそうな笑みが浮かんでいた。

「お前、先週タクちゃんに石を投げられた黒猫だろ？」

そういえばあの時、石を投げた少年の傍に、似たような背丈の男の子がもうひとりいた。

二発目の石を手にした少年を、「やめろよ！」とキツい声で窘（たしな）めていた。

「お前、腹が空いてるんだろ？　それでゴミ置き場を漁ってたんだろ？」

男の子はロクを抱いたまま、器用にランドセルを下ろすと、中からもぞもぞと何かを取り出した。

「給食のチーズ、残してきてよかった」

四角い小さなそれは、チーズというらしい。男の子は銀色の包装を剝き、黄色い中身を手のひらに乗せると、ロクの鼻先に突き出した。

——わわ、何これ、すご～く美味しそうな匂いなんだけど。

「遠慮しなくていいんだぞ」

男の子が言い終わる前に、ロクはチーズにかぶりついた。

「美味しいか？」

美味しい！　もうすごく美味しい！　ロクはあっという間にチーズを平らげてしまった。もっとないの？　と見上げると、男の子は「もうないんだ。ごめんな」とすまなそうに何度も何度も頭を撫でてくれた。人間に撫でられたことは初めてだった。

——なんか……気持ちいい。

ロクはうっとりと目を閉じた。

「お前、この神社に住んでるのか？　明日また、何か持ってきてやるよ」

明日また？　また来てくれるの？　とロクは目を輝かせた。

「絶対にまた来るから。待ってろよ」

男の子はロクを地面に下ろそうとして、ふと手を止めた。

「そうだ。お前、名前あるのか？」

親の顔も知らないのに、名前などあるはずがない。

「野良だもん、ないよな。じゃあ俺が名前をつけてもいいよな」

男の子はロクの顔を見下ろし、真剣な表情で「う～ん」と唸った。

「黒猫だから『クロ』にしたいけど、ダメなんだ。俺の名前、黒澤桔平だから学校で『クロ』って呼ばれてるんだよ。俺とおんなじになっちゃう」

黒澤桔平。それが男の子の名前だった。

「あ、そうだ、クロを逆さにして『ロク』ってどうだ？」

──ロク！

ロクは飛び上がる。喜びは、桔平にも伝わったらしい。

「みゃおんっ」

「そっか。気に入ったんだな。じゃあお前は今日からロク。よろしくな」

──ロク。ロク。僕の名前はロク。

初めて名前をもらった。初めて友達ができた。

右に左に揺れながらランドセルが遠ざかっていく。

――僕の友達。初めての友達、桔ちゃん。

夕日に染まった桔平の後ろ姿を、ロクは見えなくなるまで見つめていた。

それから桔平は、毎日のように神社にやってきた。夕方、ガシャガシャとランドセルが揺れる音が近づいてくると、ロクは待っていましたとばかりに縁の下から飛び出した。

「ロク！　お待たせ！」

「なぉう～～ん！」

ロクは桔平の懐に飛び込み「遅かったじゃない桔ちゃん。待ちくたびれちゃったよ」と、全身で訴えた。

「今週、掃除当番だったんだ」

桔平は「ごめんな」とロクの喉や頭、耳の後ろやお尻(しり)を、いっぱい触ってくれた。出会ったばっかりなのに、桔平はロクの気持ちのいい場所を全部知っていた。言葉は通じなくても、心は通じ合っていた。少なくともロクはそう感じていた。

桔平は日が傾くまで神社でロクと遊び、「また明日な」と家に帰っていった。給食の残りをがっつくロクの頭を撫でながら、桔平はいろいろな話をしてくれた。

両親は一年前に離婚し、ひとりっ子だった桔平は母親に引き取られ、ふたりでこの町に引っ越してきた。黒澤という苗字は母方のものだった。母親は仕事が忙しく、帰宅はいつも夜になるという。

「家に帰ってもどうせ誰もいないし。ひとりでテレビ観てるより、ロクと遊んでいる方が断然楽しいよ」

　桔平はちょっと寂しそうに笑う。

「転校するの、俺、ほんとはすごく嫌だったんだよね。それに苗字が変わるって、なんだか変な感じだし。でもクラスのみんながすぐに『クロ』って呼んでくれて、友達もできたし、結構楽しくやってるよ、学校ではね。あ、この間お前に石投げたタクちゃんには、ちゃんと怒っておいたからな。動物を虐めるなんて、最低だって言ってやった」

　桔平は学校の話しかしなかった。理科と体育は好きだけれど、社会と音楽はあまり好きじゃない。廊下掃除の時に男子がほうきで野球をしていたら、学級委員の女子が先生に言いつけて喧嘩になった。春の遠足で行った水族館ではペンギンとラッコが可愛かった――。とりとめのない話に、両親はほとんど登場しなかった。

「ロク！　お待たせ！」

　その日桔平は、お昼前にやってきた。珍しくランドセルを背負っていない。

「今日から夏休みなんだ。これからしばらくこの時間に来る。いっぱいいっぱい遊べるぞ」

　夏休みの間、子供たちは学校へ行かなくてもいいらしい。

　――夏休み！　桔ちゃんといっぱい遊べる！　バンザーイ！

ロクは嬉しくて境内を跳ね回った。桔平は「あはは。俺も嬉しいぞ」と笑いながら、手にしていた四角い袋をロクの頬にくっつけた。

「みゃあああご！」

――ひゃあ、冷たい！

驚いて目を白黒させていると、桔平が「びっくりしたか」とイタズラっぽく笑った。

「冷たいだろ。これ、アイスクリームっていうんだ」

桔平はそう言って袋から棒のついたアイスクリームを取り出し、ロクの口に近づけた。

恐る恐るぺろりと舐めたロクは、大きく目を見開いた。

――美味しい！　冷たくて、甘くて、とっても美味しい！

「にゃおうぅ～ん」

初めてのアイスクリームは、ロクをたちまち虜にした。

「な？　美味しいだろ？　お前絶対にアイス好きだと思ったんだ。だって俺も好きだから」

それから蟬の合唱を聞きながら、ふたりで一本のアイスを舐めた。

「夏休みか……」

アイスがなくなると、桔平がぽつりと呟いた。あまり楽しくなさそうな声だった。

ロクは「なおん？」と横顔を覗き込む。

「ハルくんの家は夏休み、叔父さんの家に遊びに行くんだって。ヒロの家は北海道旅行だってさ。俺だって、まだ父さんと母さんがそんなに仲悪くなかった頃は、家族三人で旅行に行ったりしたんだけど……」

話しながら、桔平は次第に項垂れていく。

両親が離婚してから父親とは一度も会っていない。母親は以前にも増して仕事にのめり込んでいる。今日から夏休みだということもきっと忘れている。覚えているのに忘れたふりをしているのかもしれない。桔平は子供らしくない乾いた声でそう言った。

「でも俺にはロクがいる。だから平気さ」

桔平の腕が伸びてくる。ロクはその腕の中に飛び込むと、汗の匂いのする胸に顔や身体をすりすりと擦りつけた。

「なうぅぅん」

「ありがとう、ロク。でも大丈夫。お前がいるから俺、ちっとも寂しくなんかない」

頬と頬を擦り合わせる。

「ロク、大好きだよ」

――僕も桔ちゃんが好きだよ。世界で一番、大大大好きだよ。

大大大好きのしるしに、桔平の頬をぺろぺろと舐めた。

「あはは、ロク、くすぐったいよ」

じゃれ合いながら桔平は、ロクの唇に自分の唇を押し当てた。

ちゅっという小さな音に、鼓動がトクンと跳ねた。

——今の……何？

トクトクトク。心臓が走り出す。身体がぽっぽと火照ってくる。

——僕、どうしちゃったんだろう。

戸惑うロクに、桔平が苦笑した。

「あーあ。ロクとキスしちゃったよ。今の、俺のファーストキスだったんだからな」

桔平は、ちょっと照れたようにロクの頭をぽんぽんと叩いた。

——桔ちゃんと……キスしちゃった。

トクトクトクが、ドキドキドキに変わっていく。ロクは桔平に対する「好き」が、ただの「好き」以上のものになっていくのを感じた。

その日ロクは、胸の奥にほっこりと咲いた花に、「初恋」という名前をつけた。

その夏、ふたりは何度もアイスクリームを分け合った。夏休みが終わると駆け足で秋が訪れた。

「どうした、ロク」

境内の奥に広がる雑木林の入り口に、柿の木が一本生えている。ロクは高い枝の先にひとつだけ残っている柿の実を見上げていた。

「あれが食いたいのか？　よし、俺が取ってやる」

桔平は雑木林から拾ってきた長い棒きれで、一生懸命柿の実を落とそうとしてくれた。

しかし何度ジャンプしても届かない。

「もうちょっとなんだけどなあ。くそぉ」

何度も諦めずにジャンプする。しかし棒の先が柿に届く前に日が暮れてしまった。

「ごめんな、ロク」

――いいんだよ、桔ちゃん。ありがとう。

お礼を込めて、いつもより丹念に頬をぺろぺろ舐める。

「来年はもうちょっと背が伸びるはずだから。来年必ず取ってやるからな」

――うん！　来年が楽しみだね。

来年、桔平は六年生になる。再来年は中学生だ。どんどん大人になっていく桔平を想像し、ロクは胸を躍らせていた。

瞬く間に冬が訪れた。

「ロク！　ロク！　今日はすごいの持ってきたぞ。じゃじゃーん」

その日は雪でもちらつきそうなほど寒い日だった。桔平は白い息を吐きながら、意気揚々とランドセルを開く。取り出したのはいつもの給食の残りではなく、缶詰だった。

「にゃん？」

「新製品のキャットフード。『びっくりキャット』っていうんだ。すんご～く美味しくて、猫はみんなびっくり仰天なんだってさ。ＣＭでやってた。どうしてもお前に食べさせたくて買ってきてたんだ。超高かったんだからな」

桔平の母親は、毎日テーブルにお金を置いていくらしい。夕食の時間まで帰れないことが多いからだという。桔平はそのお金の一部を、ロクの餌代にあててくれた。時々キャットフードも買ってくれた。

「早く食ってみろ。お前がびっくり仰天するところ、見たいんだ」

桔平が缶を開けてくれた。ひと口食べたその瞬間。

「にゃおうぅん！」

『びっくりキャット』は、身体がふにゃふにゃになってしまうほど美味しかった。身悶えするロクを見て、桔平は「ほんとにびっくり仰天してる」と笑い転げた。

上着の中に潜り込み、桔平の匂いを思うさま嗅いだ。

「ロク……お前、ホントいつもぬっくぬくだな。ずーっと抱っこしててもいいか？」

――もちろんだよ、桔ちゃん。

ゴロゴロと喉を鳴らして甘えた。ダウンジャケットを引っかいて綻(ほころ)びを作ってしまっても桔平は怒ったりしなかった。凍えるほど寒くても桔平といれば温かかった。毎日が楽しくて、怖いくらい幸せだった。

ただ、ひとつだけ気がかりなことがあった。年が明けてから、桔平が帰宅する頃を見計らって、時折父親が神社にやってくるようになったのだ。

最初に父親が現れた日、桔平はとても嬉しそうだった。お父さん元気だった？　今どんなお仕事してるの？　え、まだ元の家に住んでるの？　じゃあわりと近くだね。今度遊びに行ってもいい？　わかってる、お母さんには内緒にする。男と男の約束だね――。

父親を見上げる横顔は、見たこともないほど幸せそうだった。

――よかったね、桔ちゃん。お父さんが来てくれて。

桔平の笑顔に、幸せのお裾分けをもらったような気持ちになった。ところがその笑顔は長くは続かなかった。

「お父さん……前と変わっちゃったんだ」

懐のロクを抱きしめながら、桔平がぼそりと呟いた。遊びに行くと、昼間だというのにいつも酒の匂いがするのだという。

離婚の直前、桔平の父親は仕事を失くしていた。失業と離婚が重なったことで精神のバランスを崩し、酒に溺れていたのだ。

「あんなの、僕の知ってるお父さんじゃない」

桔平の声が震えていたのは、寒さのせいだけではなかったのだろう。

「なおぅん」

大丈夫。僕がいるよ。そう囁きながらもロクは不安でたまらなかった。

桔平はまた、家族の話をしなくなった。

その日は朝から雪が降っていた。夕方になる頃には、神社の境内も一面真っ白な雪に覆われていた。

『明日雪が積もったら、雪だるま作ろうな』

前日の約束を思い出し、ロクはわくわくしながら桔平が来るのを待っていた。

「ロク！　お待たせ！」

待ちに待った呼び声に、ロクは跳ねるように縁の下から飛び出した。

その時だ。被せるように別の声がした。

「桔平」

境内の入り口で、桔平が振り返る。

「お父さん……」

桔平の顔から、一瞬にして笑みが消えた。

「もう学校帰りに待ち伏せしないでって、俺、言ったよね」

「ごめんな。どうしてもお前の顔が見たくて、我慢できなかったんだ」

「………」

「桔平、お父さんのこと、嫌いになっちゃったか？」

「そんなこと……ないけど」

その声は、今にも消え入りそうだった。

「なあ桔平。今日は寒いから家で話をしないか？　お母さん、どうせまた帰りが遅いんだろ？　そうだ、お父さんがカレーライスを作ってやろう。お前、お父さんのカレー好きだったよな」

「………」

答えない桔平の背中に、父親が手を回した。

「実はお父さん、お酒やめたんだ」

「え、ほんと？」

桔平が、初めて父親の顔を真っ直ぐに見た。

「ああ。ひとり息子のお前に嫌われたら悲しいからな。きっぱりやめたよ」

桔平が、嬉しそうに頬を緩めるのがわかった。

「だからほら、お父さんの家に行こう。こんなところにいたら風邪をひいてしまう」

「わかった。ちょっと待ってて」

桔平がバタバタと駆け寄ってくる。

「ロク、ごめん。急にお父さんのところに行くことになった。雪だるまは、また明日な」

桔平は笑顔だった。けれどロクの心は不安でいっぱいだった。

——なんだろう、この嫌な気持ち。

雪雲のような暗く重苦しい何かが、胸に広がっていく。心がざわざわして、たまらなく嫌な予感がした。

——あの人は桔ちゃんのお父さんなんだから。心配することなんて何もないよ。

笑顔でカレーを食べる桔平を想像しようとしたが、どうしても上手くいかない。

ふたつの背中が遠ざかっていく。ロクはふたりの後を追うことにした。

父親は、元々家族三人で暮らしていた家にひとりで住んでいた。隣町といっても神社から歩いて二十分とかからない場所で、桔平が今住んでいる家からも一駅しか離れていない。

ふたりの姿が家に吸い込まれるように入っていく。鍵がかけられる音がしたので、ロクは玄関と反対側にある庭へ回り込んだ。

——きっとふたりの笑い声が聞こえるはずだ。

閉じられたカーテンの隙間から、祈るように部屋の中を覗き込む。

「お父さん、俺、カレー作るの手伝うよ」

「……ああ」

「材料は？　冷蔵庫？」

キッチンから桔平の弾んだ声が聞こえる。父親はリビングに立ったまま、煙草に火を点けた。その表情がさっきまでとは別人のように違っていることにも、部屋の隅に大量の酒瓶が転がっていることにも、桔平は気づいていない。

「桔平……のうか」

「え？　なんか言った？」

桔平がリビングに戻ってくる。

床を見つめていた父親が、のろりと視線を上げる。そして表情のない顔で呟いた。

「桔平、死のうか」

その瞬間、ロクは自分の不安が的中してしまったことを知る。何を言われたのかわからなかったのだろう、桔平はゆっくり二度、目を瞬かせた。

「……え」

「お父さんと一緒に、死のう」

桔平が無言で息を呑む。その瞳に恐怖の色が浮かぶのを見て、父親は息子の首にゆっくりと手をかけた。

「い、嫌だ、離して」

「お父さんをひとりにしないでくれ。お願いだ……桔平……」

「嫌だ。誰か……誰か助けてっ……」

父親は逃げ惑う桔平を押し倒し、馬乗りになった。

「みゃあああああっ！」

ロクは腹の底から絶叫した。込み上げてくるのは、恐怖より遙かに強い怒りだ。

——桔ちゃん、待ってて。今助けるから！

どうにかして家の中に入らなくてはと、サッシのガラスに体当たりした。しかし猫の身体など、何度当たっても跳ね返されてしまう。

「桔平……お前と一緒に死ねるなら、お父さんは幸せだ」

「や……めて、とう……さんっ……」

——桔ちゃん！

その時、暴れる桔平の足が、テーブルの下に隠してあった酒瓶を思い切り蹴り飛ばした。回転しながら飛んだ酒瓶は、運よくロクの目の前のサッシに当たった。

ガシャン、と大きな音がしてガラスが割れる。ロクは迷わずその隙間に身体を滑り込ませた。

——痛っ……。

背中に鋭い痛みが走る。割れたガラスが肉を裂いたのだろう。けれどそんなことを構っている時間はない。ロクは桔平の首を絞める父親に飛びかかり、肩口をガブリと噛んだ。

「っ……」

肩越しに振り返った父親と視線が合う。生気のない目。父親は生きながら死んでいた。

「邪魔をするな」

抑揚のない声で言うと、父親は片手でロクを振り払う。

「ぎゃうんっ！」

ロクはボールのように軽々と飛ばされ、テーブルに叩きつけられた。そしてそこに置かれていた灰皿もろとも床に転げ落ちた。

――あっ！

吸いかけの煙草の火が新聞紙に燃え移るのに、十秒とかからなかった。

「桔平……お父さんをひとりにしないでくれ……寂しいんだ……寂しいんだよ……」

もくもくと上がり始めた煙に背を向けたまま、父親はうわ言のように呟く。

「お父……さん……やめっ……げほっ」

必死の抵抗を続けていた桔平の手足が、次第に力を失っていく。

――桔ちゃん！

もう一刻の猶予もない。ロクは傍らにあった本棚に飛び乗ると、大きなガラス製の置時計を父親の頭めがけて突き落とした。

ゴツンと鈍い音がした。次の瞬間、「うっ……」と低いうめき声がして、父親の身体が崩れ落ちる。桔平と並ぶようにうつ伏せになった身体は、すぐに動かなくなった。

――やった……。

ロクは本棚から飛び降りると、桔平を呼んだ。

「みゃあ！　みゃあああっ！」

桔ちゃん。桔ちゃん。目を覚まして、桔ちゃん！

新聞紙から上がった炎は、瞬く間にカーテンに燃え移る。

「みゃあ！　みゃあああおおおっ！」

起きて、桔ちゃん。火事なんだ。逃げないと焼け死んじゃうよ！

喉が裂けるほど叫んでも、桔平は目を開けてくれない。

――ダメだ。このままじゃ桔ちゃんが死んじゃう！

恐怖が、ロクの身体を覆った。

――桔ちゃんは死なない！　絶対に死なせない！

餓死寸前だった野良猫の自分に、名前をくれた。給食のチーズをくれた。アイスを半分こした。蕩けてしまいそうなほど温かい懐の中に入れてくれた。

『ロク！　お待たせ！』

いつも明るい声で呼んでくれた。キスをしてくれた。

世界で一番大好きな人。初恋の人だった。

――桔ちゃんは……僕が守る。

ロクは桔平のジーンズの裾を咥えると、渾身の力で動かないその身体を引きずった。

そこから先のことは、まったく覚えていない。気がついた時には、地獄の白洲で閻魔大王の裁きを受けていた。浄玻璃にはごうごうと音を立てて燃え落ちる家が映し出されていた。雪の積もった道路に、頬を煤で黒くした男の子が呆然と立ち尽くしている。

——桔ちゃん……助かったんだね。よかった。本当によかった。ぽろぽろと涙が零れた。

「ロク」

浄玻璃に見入っていた閻魔大王が、振り向く。

「お前は人に大怪我を負わせ、おまけに火事を出した。間違いないな？」

（……はい）

「地獄道へ堕ちることはまぬがれないぞ」

（……覚悟はできています）

閻魔大王は「うむ」と唸り、しばらく思案顔で髭を撫でていた。

「ロク。お前のしたことはすべて、あの少年の命を救うため。そうであろう？」

ロクは深く項垂れたまま微かに頷いた。

「私はこう考える。お前はあの少年に代わって正当防衛を行使したのだ」

（せいとう、ぼうえい？）

「非力で抵抗できない少年の代わりに、あの父親を撃退したということだ。お前の勇気と咄嗟の判断で少年の命は救われた。よってこの件、お前を罪には問わないこととする」

（えっ……）

ロクはゆっくりと顔を上げた。

「その代わり、お前は今日から閻魔となるべく、私のもとで修業をするのだ」

（僕が、閻魔の修業ですか？）

「そうだ。今日、今この瞬間からお前は黒猫のロクではなく、閻魔の見習い、黒猫閻魔のロクだ。よいな」

思ってもみない言葉だったが地獄に堕ちるよりはマシだ。ロクは戸惑いながら（はい）と頷いた。

「ただしひとつだけ条件がある。閻魔になるには、現世にお前が存在したことを記憶している人間がいてはならない。お前とかかわったすべての人間から、お前の記憶を消す」

それは桔平の記憶から、ロクとの思い出を消してしまうことを意味していた。

——桔ちゃんが、僕のことを忘れちゃう……。

ロクはぶるぶると激しく頭を振った。

（ダメです。嫌です。離れ離れになるのは仕方ありません。でも、せめて記憶は……僕との思い出だけは消さないでください。お願いします、大王さま）

泣いて縋るロクに、大王は問うた。

「ならばこのまま地獄に堕ちるか」

（構いません。桔ちゃんに忘れられるのなら、生きている意味なんてありません）

「生きるのではない。お前は閻魔になるのだ」

どちらでも同じことだった。泣き崩れるロクの背中に、大王はそっと手を置いた。

「ロク、聞きなさい。あの少年がお前と過ごした時期は、彼にとって辛く悲しい時期だった。お前を思い出す時、最も思い出したくない記憶が一緒に蘇ってしまうのだ」

大王の言葉に、とめどなく溢れていた涙が止まった。

桔平は血の繋がった父親に殺されそうになった。その父親が目の前で大怪我をした。おそらくそのまま焼け死んだのだろう。

「彼はたった十歳の子供だ。背負っていくには辛すぎる記憶だとは思わないか」

（でも……）

「お前はあの少年のことが大好きなのだろう？　大切なのだろう？」

（……はい）

「だったら彼のこれからの幸せを、一番に考えてやってはどうだ」

大王の穏やかな問いかけに、ロクはぎゅっと目を閉じた。

桔平が好きだ。桔平が幸せになるためには、大王に従うしかない。

――さよなら、桔ちゃん。ずっとずっと大好きだよ。

ロクは心の中で初恋の人に永遠の別れを告げた。そして涙を拭い（はい）と頷いた。

初めてのビールでほろ酔いになり、唐揚げを食べすぎた翌々日は、『くろさわ動物病院』で働き始めて初めての休診日だった。桔平は朝から洗濯機を回し、ロクは掃除機がけを買って出る。桔平が卵をゆでている間にロクはベランダに洗濯物を干した。

「ロク、もっとちゃんと皺を伸ばして干せ」

桔平がキッチンから顔を覗かせた。

「こうですか？」

桔平のシャツの裾をツンツンと引っ張ってみる。

「そうじゃなくて……ああもう、いい。俺が干すからお前、ゆで卵を見てろ。タイマーが鳴ったら火を止めるんだぞ」

「わかりました」

監視は得意だ。ロクが鍋で踊るゆで卵を睨みつけている間に、桔平は手早く洗濯物を干し、パンに辛子バターを塗り、レタスを水にさらした。ロクはゆで上がった卵を潰(つぶ)してマヨネーズで和えるという大事な任務をそつなくこなした。

遅めの朝食は、ふたりで作った卵サンドとハムチーズサンド。とびきり美味しいサンドイッチを頬張りながらベランダに目をやると、桔平の白いシャツとロクのチェックのシャツが、仲良く並んで風に揺れている。

――ああ、幸せ。

「朝っぱらから何ににやにやしてるんだ。気持ち悪い」

「気持ち悪いって、ひどいですね。僕はただ、小さな幸せを噛みしめていただけです」

「幸せじゃなくて、サンドイッチを噛みしめろ。食い終わったらすぐに買い物に行かなくちゃならないんだ」

「お買い物ですか」

「食料品や日用品の買い出しだ。休みの日じゃないとスーパーの開いている時間に行かれないからな。午後は書類の整理があるし、食ったらすぐに出かける」

休日だというのにゆっくり休むことができないなんて。ロクは眉を曇らせた。

「桔ちゃん、お買い物、僕が行ってきましょうか」

「お前が？」

「難しいものとか、すごく重いものじゃなければ、僕ひとりでも大丈夫です」

「しかし……」

戸惑う桔平に、ロクは「任せてください」と胸を叩いてみせた。

「買い物くらい楽勝ですよ。桔ちゃんが欠伸している間に、チャチャっと済ませて帰ってきますから」

休みの日くらいゆっくりしてほしい。そんな気持ちが伝わったのか、桔平はようやく「そうだな」と頷いてくれた。

「いいか、寄り道するなよ。今日は暑いから、途中で喉が渇いたらジュースでもアイスでも好きなもの買え。熱中症で倒れる前にな」

「わかりました」

「道に迷ったらちゃんと誰かに聞くんだぞ。どうしてもわからない時は連絡しろ。ドラッグストアの出入り口に公衆電話があるから」

「迷いませんよ」

商店街までは一本道だ。迷う方が難しい。

「何かアクシデントがあったら、商店街のど真ん中に交番があるから、そこでお巡りさんに助けてもらえ」

「アクシデントって、例えばどんなことですか」

ロクは首を傾げる。近所の商店街に買い物に行くだけなのに。

「例えば……暗闇(くらやみ)で暴漢に襲われるとか」

「まだお昼前です。それにこのあたりは治安がいいって、かおりさんがおっしゃっていましたけど」

「……誘拐犯に拉致（らち）されるとか」

「商店街はいつも人がいっぱいだって、若葉さんがおっしゃっていましたけど」

「……隕石（いんせき）が落ちてくるとか」

「隕石が落ちてきたらこの部屋にいても同じですよね。というか桔ちゃん、やっぱり僕ひとりじゃ無理だって思ってるんですか」

「そ、そんなことはない」

　桔平は「行ってこい」と財布を差し出した。ようやく出かけられるとホッとしていると
「財布を落とすなよ」ととどめのひと言が飛んできて、もう笑うしかなかった。

　桔平がこれほど心配性だったとは知らなかった。意外な一面に辟易（へきえき）しながら、ロクはいそいそと買い物に出かけた。

「えーっと、まずは駅前の本屋さんで、予約してある『週刊・ワンコの休日』と『月刊・ハムハム天国』を受け取って、それからスーパーマーケットで晩ご飯の材料を買う。このくらいのお使い、猫でもできるよ」

　ロクは鼻歌交じりに買い物リストをひらひらさせた。

「それよりアイス、何味にしようかなあ」

この間、野口にご馳走になったクリームチーズアイスも美味しかったけれど、やっぱり昔桔平と分け合って食べた棒のついた白いアイスがいい。

「あのアイス、まだ売ってるかな」

包み紙の模様は大体覚えているから、スーパーで探してみるつもりだ。

半分こしたいから、買うのはひとつだけ。桔平が齧り、ロクが舐める。アイスがなくなるまで、何度も何度も繰り返した。鮮やかに蘇る夏に、ロクの頬は緩む。

「八百屋さん……酒屋さん……あ、あった、本屋さん」

商店街の真ん中あたりに、目当ての書店を見つけた。急ぎ足で向かおうとした時、青果店の向かい側から「どうしてくれるんだ」という大きな声がした。

驚いて振り返った先は生花店だった。片方開いたガラス戸には白い文字で『フラワー・いがらし』と書かれ、店先には色とりどりの花々が挿されたバケツが並んでいる。その前で店主らしき中年男性が仁王立ちをしていた。彼の正面には茶と白のぶち猫を抱いた小学生くらいの男の子が立っている。

「困るんだよな、こういうことされると。今すぐお父さんかお母さんに電話しなさい」

「ぼく……なんにもしてない」

道行く買い物客が、不穏な雰囲気で向き合うふたりにチラチラと視線をやっている。ロクも少し離れた場所から、ふたりの様子を窺（うかが）った。

「きみがやったわけじゃなくても、連れてきたその猫がやったことだろう」

「連れてきたんじゃないもん。さっき公園で遊んでて、じゃあねってバイバイしたのに、気づいたら勝手についてきちゃってて……」

「どっちだって同じだ」

消え入りそうな男の子の声を、店主の大きな声がかき消す。

——何があったんだろう。

眉を顰(ひそ)めながらふと店内に視線をやる。するといくつかのバケツが横倒しになり、商品の生花が床に散らばっているのが見えた。

「ほら、家に電話しなさい。弁償してもらわないと」

スマートフォンを突きつけられて男の子は、半べそをかいている。ロクはふたりから五メートルほどの距離までそっと近づいた。

「まったく、ごめんなさいのひと言も言えないなんて、どんな育てられ方してるんだ」

店主が尖ったため息をつく。男の子は唇を噛んで俯いた。

「公園からついてきたってことは、そいつは野良猫なんだろ。なんの病気を持っているのかわからない野良猫を、商店街に連れてくるなんてえらい迷惑だ。保健所に連絡をして殺処分してもらわないと」

——殺処分って……。

背中に嫌な汗をかいたのは、ロクだけはなかったらしい。男の子が初めて店主の男性を睨みつけた。

「お花を倒したの、おじさんじゃないか。ぼく、見てたんだから。おじさんがこの子にびっくりして自分で花を――」

「うるさい！　嘘をつくな！」

ひときわ大きな怒鳴り声が、あたりに響き渡った。その身体から、なんとも言えない嫌な〝気〟を感じる。

――これは……罪の気。

現世に来て初めて感じる罪の気だった。自分の利益のために他人を陥れようと、醜い嘘をついた者が纏う気だ。一方男の子からはなんの色も感じない。

ロクは「待ってください！」とふたりに駆け寄った。

「この子は嘘なんかついていませんよ」

予期せぬ援軍の登場に男の子はたちまち笑顔になり、店主は胡乱げに目を眇める。

昼間だというのに、ぷん、と酒の匂いがした。

「なんだお前は。こいつの家族か」

「違います。でもこの子、嘘なんかついていません」

「見ていたのか」

「いいえ。でも彼が言っていることは本当です」

ふたりの間に割って入ったロクを、店主は睨み下ろす。

「見ていたわけでもないくせになんでわかるんだ。俺が嘘をついていると言いたいのか」

「ついていますよね？　嘘」

店主の顔色がさーっと変わった。

「嘘はいけません。舌、抜きますよ」

——決まった……。

憧れの決め台詞をビシッと突きつけると、店主は顔を赤くして眦（まなじり）を吊（つ）り上げた。

「お、お前は一体何者なんだ！」

「申し遅れました。僕は閻魔です」

「はあ？」

「ですから僕は——」

「ロク！」

背後から飛んできた声に振り返ると、すごい勢いで走ってくる桔平が目に入った。

「桔ちゃん！」

ロクはぱあっと破顔する。たたらを踏んで止まった桔平は、ロクの腕を引き自分の後ろに回した。男の子もロクに倣い、桔平の背中に回り込んだ。

「何をやってるんだ、バカ」

「この子が嘘つきにされそうだったんです。だから僕『この子は嘘なんかついていませんよ』って」

「そうじゃなくて」

桔平は頭をガシガシ掻き、「バカ正直に自己紹介するなと言ったろ」と耳元で囁いた。

「あ……」

——しまった。またやっちゃった。

ロクは自分の失態に気づき「ごめんなさい」と縮こまった。

桔平が『くろさわ動物病院』の院長だと名乗ると、激昂していた生花店の店主は少しだけ冷静さを取り戻し、事の次第を自分に都合のいいように説明した。

「ぼく嘘なんかついていないよ。おじさんが自分でバケツ倒したんじゃないか」

「そうです。この子は嘘なんかついていません」

桔平の後ろから交互に反撃すると、店主はふたたび顔を真っ赤にして「うるさい！」と怒鳴った。驚いて逃げ出そうとするぶち猫を、男の子が胸にぎゅっと抱きしめる。

「いい加減にしないと営業妨害で訴えるぞ」

いきり立つ店主を、桔平が「まあ落ち着いてください」と宥めた。

「確認してみてはどうでしょう」

「確認？」

「ええ。この商店街、要所要所に防犯カメラが設置されていますよね。ここから一番近いカメラは——あ、あそこにあります」

桔平は書店の手前に立つ電柱に設置された防犯カメラを指さした。

「あれに映っていると思います。彼がこの猫を連れてきたのか、それとも猫が勝手についてきたのか。そして本当にこの猫が店内を荒らしたのか、それとも」

桔平は真っ直ぐに店主を見つめた。その顔からみるみる表情が消えていく。

「あんたまで、そいつらの言うことが正しいと言うのか」

「真実を確認しようと言っているんです。もしあなたのおっしゃるようにこの猫がお店の花を荒らしたのなら、この子の代わりに、私にすべて弁償させてください」

店主はこめかみに青筋を立てて桔平を睨みつけていたが、やがてチッと舌打ちをして背を向けた。いつの間にか自分たちを囲むように人垣ができていたことに気づいたらしい。

「大の大人が、こんなガキどもの言うことを鵜呑みにするとは、世も末だな」

「大人だからこそ、慎重に判断しなければと思っています」

「もういい。バカバカしくてやってられん。これ以上は時間の無駄だ。帰れ」

店主は花びらの散らかった店内に戻ると、勢いよくガラス扉を閉めた。そして外にまで聞こえるような大声で「覚えてろよ！」と怒鳴り、足元のバケツを次々に蹴飛ばしながら店の奥に消えていった。

「お花、可哀そう……」

ロクが呟くと、男の子も「うん」と悲しそうに頷いた。

「お兄ちゃん、ぼくが嘘をついてないって、信じてくれてありがとう」

「ううん。本当のことだもん」

ロクが笑うと、男の子も同じようににこっと笑った。

「おじさんも、助けてくれてありがとうございました」

「おじ……」

まだギリギリ二十代でも、小学生にとっては立派なおじさんなのかもしれない。なんとも言えない表情になる桔平が可笑しくて、ロクは必死に笑いをかみ殺した。

アツシと名乗ったその子に、桔平は「その猫、飼うつもりはあるのか」と尋ねた。

「飼いたいんだけど、うち、アパートだから……」

アツシは寂しそうにぶち猫の背中を撫でる。

「わかった。それじゃあこの猫、俺に任せてくれるか」

「おじさんが飼ってくれるの？」

「飼ってくれる人を探そう。ただ、それよりもまず怪我の治療をしなくちゃならない。こ
こ、傷になっているだろ」

桔平がぶち猫の腹の毛を逆立てると、細く赤い筋が一本走っているのが見えた。

「バラの棘か何かで傷ついたんだろう。消毒してやらないと」

「そっか。おじさん、動物病院の先生なんだもんね」

アッシは安心したように、ぶち猫を桔平の手に渡した。

「ぼく、お母さんが家にいない時、いつもこいつと公園で遊んでいるんだ。こいつも捨て猫みたいで、いつもひとりぼっちで……だからきっと寂しくて、ぼくについてきちゃったんだと思う」

「そうだったのか」

「こいつはぼくの友達なんだ。だから……」

桔平の目に、慈しむような優しい光が宿るのをロクは見逃さなかった。

「わかった。この子は俺が責任を持って預かる。だから安心して帰りなさい」

アッシは「はい」と頷いて、桔平に頭を下げた。

「こいつ、ぶぅ太っていうんだ。好物は納豆とかぼちゃ。先生、よろしくお願いします」

おじさんから先生に格上げされ、桔平はちょっと嬉しそうに「おう」と頷いた。

アッシが走り去っていくと、解けた人垣の中から背中の丸まった老女が近づいてきた。

「五十嵐(いがらし)さんのこと、許してやってね。昔はあんなこと言う人じゃなかったんだけど」

五十嵐というのは、生花店の主人のことだろう。

「あの人、一昨年奥さんを病気で突然亡くしてから、人が変わっちゃったんだよ。昼間からお酒飲んで、誰彼構わず喧嘩をふっかけては無駄に敵を作って……とうとう子供にまで絡むようなことを。本当に困った人だよね」

どう返事をすればよいのか、ロクだけでなく桔平も困っているようだった。

「ひとまず私が代わりに謝っておくね。ごめんなさいね」

老女はポケットから飴玉（あめだま）を取り出すと、桔平の手のひらにひとつ、ロクの手のひらにひとつ載せた。そして『フラワー・いがらし』の二軒隣にある銭湯『月（つき）の湯』へと入っていった。そこが彼女の職場らしい。

愛する家族を亡くした悲しみは、他人には計り知れないものだろう。けれどそれを誰かにぶつけたところで、悲しみが消えるわけではない。わかっていても罪に走り、地獄に堕ちていく人間を何千人、何万人と見てきた。

閻魔大王はそれを人間の『業』だと言った。ロクにはその意味はよくわからなかったけれど、地獄へ向かう罪人の背中を見送る大王の、憂いに満ちた瞳を思い出す。

と、いきなり雷が落ちた。

「バカ野郎！」

ロクはヒッと身を竦めた。

「何が『楽勝』だ。何が『欠伸している間に帰ってくる』だ。俺が追いかけてこなかったらどうするつもりだったんだ」

「桔ちゃん、僕の後をつけてきたんですか？」

送り出してはみたものの、心配でたまらなかった桔平は、自分のスマホを持たせようとロクの後を追いかけてきたのだという。

「僕、信用ないんですね」

膨れるロクに、桔平は「ない」ときっぱり言い切った。

「お前がひとりで買い物に行っていると思うだけで、心配で何も手につかない。頼むからもう少しちゃんとしろ。せめてあちこちで『閻魔』と名乗るのはやめろ。寿命が縮む」

「桔ちゃん、人間に興味ないんじゃ……」

「お前は特別だ」

「え？」とロクが目を瞬かせると、桔平はハッとしたように口を押さえた。自分の発した言葉に自分でびっくりしているようだった。

「いや、なんというかその、つまり、お前は人間じゃないだろ」

珍しくしどろもどろになっている。

「ああ、確かにそうですよね」

考えてみれば現世において自分ほど特別な存在はないだろう。人間の形をしているけれど、実は閻魔。しかも元々は黒猫だったのだから。

特別という言葉に一瞬胸をときめかせてしまった。ロクは照れ隠しに「えへへ」と笑った。

「何へらへら笑ってんだ。行くぞ」

「どこへですか？」

「お前は何しに出てきたんだ。この鶏頭」

桔平はロクの額を指でツンと突いた。

「スーパーにはペットを連れて入れない。お前は外でぶぅ太を抱いて待ってろ」

「わかりました」

「ひとりでお遣いできなかったから、アイスはナシだな」

ロクは「そんなあ」と眉尻を下げ、半歩先を歩いていた桔平の前に回った。

「ひどいですよ。アイス買っていいって言ったじゃないですか」

「寄り道したお前が悪い」

「楽しみにしてたのに……アイス」

口を尖らせて見上げた桔平の横顔には、なぜか楽しそうな笑みが浮かんでいた。

「じゃんけんで勝ったら買ってやろう」

「ほんとですか？」

「リベンジだ」

「負ける気がしません」

じゃんけんぽん。勝ったのはまたしてもロクだった。

買い物を済ませてマンションに戻ると、桔平はすぐにぶぅ太の手当てを始めた。肉や野菜を冷蔵庫に入れながら、ロクはその様子を見守っていた。

「大した傷じゃなくてよかったな、ぶぅ太」

「にゃごおおん」

「大丈夫、大丈夫。ちょっと消毒するだけだからな。いい子にしてろよ」

桔平は嫌がるぶぅ太を懐に抱き、頭や喉や腹を優しい手つきで撫でた。途端にぶぅ太の放つ怯えのオーラがすーっと薄くなっていく。

——さすが桔ちゃん。僕の出番はなさそう。

傷ついた動物たちにとって桔平の手は、きっと魔法の手なのだろう。

「ほーら、もう終わりだ」

桔平はあっという間に傷の消毒を済ませると、「痛くなかっただろ？」とぶぅ太の喉を指で撫でてやる。ぶぅ太はごろごろと喉を鳴らし、桔平の胡坐(あぐら)の隙間にすっぽりと収まると、安心しきったように目を閉じた。用心深い野良猫が、さっき会ったばかりの桔平にも心を許している。

——いいなあ、ぶぅ太。

ロクだって昔は、あんなふうに撫でてもらえた。

——僕なんて、桔ちゃんの服の中に潜り込んだこともあるんだから。

桔平のTシャツの中に首を突っ込んで、汗の匂いを嗅ぐのが好きだった。

『ロク、やめろって、くすぐったいってば』

きゃははと笑い転げる桔平の声が、今も耳に残っている。こんなに近くにいるのに、もうあの頃みたいに触れ合うことはできないのだと思うと少し寂しい。

「どうした、ロク。なに怒ってるんだ」

桔平は苦笑しながらぶぅ太をケージに入れた。

「眉間にめちゃくちゃ皺が寄ってるぞ。ついでに口がアヒルになってる」

ぶぅ太にヤキモチを妬いていたなんて気づかれたら大変だ。ロクは眉間に寄った皺を指でごしごし擦りながら、ケージの前にしゃがみ込んだ。

「怒ってなんかいませんよ。それよりぶぅ太を飼ってくれる人、見つかりそうですか」

「うーん……それなんだけど、ちょっと難問だ」

桔平はロクの隣にしゃがみ込んだ。

動物病院はその名の通り動物の病院だ。ボランティア団体ではない。保護された動物の診察や治療はしても、彼らを病院で飼うことはできないという。

「入院室のキャパにも限界があるしな」

「じゃあぶぅ太は……」

「明日、待合室に里親探しのポスターを貼る。それからスタッフの知り合いにも声をかけてみよう。それでも引き取ってくれる人が見つからない時は……」

桔平は厳しい表情でケージの中のぶぅ太を見つめた。

「動物愛護センターに連絡するしかないだろうな」

「その、動物愛護センターっていうところが、ぶぅ太の飼い主を探してくれるんですね？」

「探すというより、待つんだ」

「待っても飼い主さんが現れなかったら？　ぶぅ太はどうなるんですか？」

桔平がゆっくりと振り向く。

初めて見せる悲しそうな表情に、ロクは悟ってしまった。

『保健所に連絡をして殺処分してもらわないと』

生花店の店主の声が蘇る。

「ぶぅ太、殺されちゃうんですか」

声が震えた。桔平は答えず、ロクの背中にそっと手のひらを置いた。

「引き取り手を探さなくちゃならない動物は、ぶぅ太だけじゃない」

病院の前に、犬や猫が置かれていることが年に何度かあるのだという。

「最後までちゃんと面倒を見られないなら、動物なんて飼わなければいいのに」

「そうだな。お前の言う通りだ。事情があって泣く泣く手放す人もいるだろうけれど、それでもやっぱり飼育放棄は人間のエゴだ。人間の身勝手の犠牲になるのは、いつも弱い動物たちだ」

「だったらなおさら、ぶぅ太を助けてやってください。責任を持って預かるって、アッシくんに約束したじゃないですか」

お願いします、と頭を下げたアッシの真剣な顔が過る。

ロクは桔平の両腕を強く握り揺さぶった。

「桔ちゃん、動物が好きで、大好きで、だから獣医になったんですよね？」

「できることはすべてやる。でもなロク、悲しいけれどこれが現実なんだ。俺たちは神さまじゃない。どんなに手を尽くしても、助けられる命は限られているんだ」

「そんな……そんなのって……」

こらえていた涙が、ぽろぽろと頬を伝って床に落ちた。

わかっている。桔平の言っていることは正しいし、桔平を責めるのは間違っている。それでもケージの中で安心し切ったように欠伸をするぶぅ太を見ると、涙が溢れてしまう。

「泣くな。バカだな」

桔平は大きな手のひらで、ロクの背中をゆっくりと撫でてくれた。シャツ越しに伝わってくる体温に、余計に涙が止まらなくなる。

「ったく……来い」

桔平が立ち上がった。腕を取られ、ロクは濡れた顔を上げる。

「お前がここで泣いていたら、ぶぅ太が不安がるだろ。あっちで話そう」

そう言われてハッとした。うつらうつらし始めたぶぅ太から、幸い不安のオーラは感じないが、このままだと自分の不安が伝わってしまうかもしれない。

ロクは拳で涙を拭って立ち上がった。のろのろとダイニングテーブルに移動すると、桔平が「ほら」とティッシュの箱を投げてよこした。

「……すみません」

ずずーっと洟をかむと、桔平がクスクス笑い出した。

「お前ほんと、向いてないな」

ロクはぎょっと目を見開いた。

「ぼ、僕頑張ります。向いてないかもしれませんが、一生懸命お手伝いします。だからクビだけは」

「は？」

「ケージのお掃除も、最初の日よりは大分早くできるようになったんです、これでも。もっとスムーズにできるように頑張ります。だからクビだけは――」

　必死にクビ回避を試みるロクに、桔平は「そうじゃなくて」と首を振った。

「誰がクビにすると言った。俺は『閻魔に向いてない』と言ったんだ」

「あ……」

「そうやってすぐに勘違いする。基本的にお前は落ち着きがない。おっちょこちょいなんだ。約束をすぐに忘れるわ、任務放棄してうたた寝するわ、釜茹で思い出して吐きそうになるわ、泣き虫だわ、猫舌だわ。そんなんで閻魔が務まるのか？」

　痛いところをバシバシ突かれ、ロクはしおしおと項垂れる。

「これからぐんぐん成長するんです」

「どうだかな」

「あと、猫舌は関係ないかと」

「あ、また口がアヒルになった」

「なってません」

　桔平は「思いっきりなってる」と笑いながら、ロクの唇を指で挟んで引っ張った。

「んぐんっ」

　痛いと訴えるロクをさんざん笑い飛ばした後、桔平は「さて」と立ち上がった。

「俺はこれからしばらく書類整理だ」

「僕、ぶぅ太と遊んでいていいですか？」

「ああ。でも眠そうだからしばらくはそっとしておいてやれよ」

「わかりました」

桔平の寝室兼仕事部屋のドアがパタンと閉まると、ロクは大きなため息をついた。

——桔ちゃんの言う通りかもしれないな。

きっと自分は閻魔に向いていない。閻魔大王の傍で十九年間見習いをしながら、ずっとそう感じていた。罪人を震え上がらせる大きな身体、威厳のある風貌、そしてたちまち嘘を見抜く鋭い眼力と落ち着き。そのどれもロクには備わっていない。

「そもそも大王さまは、なんで僕みたいな死に損ないの黒猫を、見習いにしようと思ったんだろう」

閻魔の見習いは他に何人もいるが、十九年も仕えていながら未だ見習いなのはロクだけだ。クビにならないのが不思議なくらいだ。

もしも閻魔をクビになったら、人間の身体のまま『くろさわ動物病院』で働き続けることができるのだろうか。桔平の従弟として、黒澤ロクとして、このままずっと生きていけるのだろうか。

——もしも……。

ロクはふるんと頭を振った。もしもの世界なんて存在しない。

「余計なことを考えるな。今の僕の仕事は桔ちゃんを監視することだ」

パン、と両手で頬を挟んだら、急に眠気が襲ってきた。

どれくらい時間が経っただろう、寝室の扉が勢いよく開いた。

「ロク」

「……んぁい？」

「お前、またうたた寝してたのか」

寝ぼけ眼を擦ると、呆れ顔の桔平が立っていた。黒猫時代は一日の大半を眠って過ごした。これでもずいぶん頑張っているのだから、そんなに呆れないでほしい。

「監視が聞いて呆れるな」

「ちょっとうとうとしていただけです」

「閻魔大王に言いつけてやろうか」

「そ、それだけは勘弁してくださいっ！」

ロクはシャキンと背筋を伸ばし、頬に伝ったよだれを慌てて拭いた。

「まあいい。喜べ。ぶぅ太を引き取ってくれる人が見つかったぞ」

桔平の声がいつになく弾んでいる。

「本当ですか！」

ロクはソファーからぴょんと飛び上がった。一気に目が覚めた。

「どんな人ですか？　男の人ですか？　女の人ですか？　大人ですか？　子供ですか？」

「お前の知っている男だ」

「え、僕の？」

　現世に来てまだ一週間も経っていない。ロクの知っている人物は限られている。

「どなたでしょう。動物病院の方でしょうか」

「野口先生だ」

「野口先生が？」

　ロクは大きく目を見開いた。これまでも野口は動物愛護センター行きになる寸前の保護猫を、何匹も引き取ってくれているという。

「じゃあご自宅で飼っている五匹の猫って」

「全部保護猫だ。五匹目を引き取った時に『これ以上はさすがに無理』って言っていたんだけど、事情を話したらＯＫしてくれた」

　ぶぅ太が可哀そうだとロクがめそめそして困っている。そう話した途端、野口は『こうなったら五匹も六匹も同じです。明日連れてきてください』と苦笑したという。

「よかった……本当によかった。野口先生って本当にいい人ですね」

「代わりに給料を上げてくれと言われたけどな」

「上げてあげてください！　ぜひ！」

「考えておく。ただ、ひとつだけ問題があってな」

「問題？」

「名前だ。ぶぅ太の」

野口が飼っている五匹の猫は、いずれも保護猫だったため名前は野口がつけたという。

「一匹目がジョセフィーヌ。二匹目がシャルロット。三匹目がえーっと確か……そうそうフォスティンヌだ」

残りの二匹も似たような名前らしい。

「呼びにくそうな名前ばっかりですね。その点ぶぅ太は覚えやすいし呼びやすいです」

「ああ。しかし……完全に浮く」

名前がぶぅ太だと告げると、野口は絶句し『その点については一考させてほしい』と返答を濁したという。

「色とりどりのマカロンの中に、げんこつあられを混ぜる気ですかと言われた」

「ぶぅ太はぶぅ太ですよ。名前を変えるなんて絶対にダメです。ね、ぶぅ太」

ロクはパタパタとぶぅ太に駆け寄った。

「ぶぅ太、お前明日から野口ぶぅ太になるんだぞ。よかったな！」

リビングの片隅に置かれたケージを勢いよく開けると、『びっくりキャット』をむしゃむしゃ食べていたぶぅ太が、驚いて飛び出してきた。

「にゃごぉん！」

「うわあ！」

驚いて尻餅（しりもち）をついた拍子に、猫耳と尻尾が飛び出してしまった。

――マズイ！

咄嗟にソファーの裏側にしゃがみ込んだ。

コスプレグッズはあの後すぐに捨てたことになっている。嘘をついて隠していたのかと叱られるのも怖いけれど、コスプレなどではないとバレるのはもっと怖い。

――どど、どうしよう。

「どうした、ロク」

「なっ、なんでもないです」

「ぶぅ太に引っかかれたのか？」

桔平が覗き込む直前、何を思ったのだろう、ぶぅ太がロクの頭にどすんと乗った。

――ぶぅ太……？

「何やってんだ、お前は」

訝るような声が落ちてくる。

「ぶ、ぶぅ太が頭に乗せてほしいと……言うので」

――うわあ、保身のために嘘ついちゃった。大王さま、ごめんなさい。

自分で自分にイエローカードを出す。ロクの気持ちを知ってか知らでか、ぶぅ太は頭の上でふああと大きな欠伸をした。

「遊んでないでこっちに来て手伝え。そろそろ晩飯の支度だ」

「もうそんな時間ですか」

気づけば西の空がオレンジに染まっている。

「よだれ垂らして寝るのが仕事とは、暢気(のんき)な商売だな」

嫌味を言われてもへっちゃらだった。野口がぶぅ太を引き取ってくれる。ぶぅ太は殺されずに済む。踊り出したいくらい幸せだった。

桔平がキッチンに向かうと、ぶぅ太はロクの頭から床に飛び降り、自分からケージに向かっていった。幸い猫耳と尻尾もすぐに引っ込んでくれた。

「ぶぅ太……」

——もしかして、僕を助けてくれたの？

ロクの心の声に、ぶぅ太は一瞬足を止めた。

(借りを返しただけだ)

素っ気ない声が聞こえた気がした。ぶぅ太の身体から漂うオーラは、紛れもなく友好の色だった。

夕食のテーブルにずらりと並べられたのは、さまざまな「つまみ」だった。今夜は月に一、二度開催される『黒澤家恒例ワイン祭』の日らしく、チーズや生ハム、スモークサーモンやイクラの載ったカナッペ、カキのアヒージョなどがずらりと並んだ。

ぶぅ太の行き先が決まった祝いだと、桔平はとっておきの赤ワインを開けた。ビールでヘロヘロになってしまうロクはワインを諦め、しゅわしゅわの甘いサイダーで乾杯をした。

「チーズって、こんなにいろんな種類があるんですね」

給食の残りの四角いチーズと、サンドイッチに挟まった平たいチーズしか知らなかったロクは、目を白黒させた。

「扇形のやつがカマンベールチーズ。そっちのクリームチーズはハーブ入りだ。オレンジ色のはゴーダチーズ。そっちのはモッツァレラだ」

「チーズ屋さんが開けそうです」

桔平がチーズ屋だったらどんなに幸せだろう。うっとりとするロクに、桔平は「好きなだけ食え。サイダーに合うかどうかは知らないけどな」と笑った。

「それにしてもお前、見かけによらず男前なんだな」

「嘘はいけません。舌、抜きますよ」

桔平はワイングラスを傾けながら、人差し指をピシッと突き出した。

「真似しないでください」

「勇ましくてかっこよかったぞ？　あの人も驚いたろうけど、俺もびっくりだったわ」

桔平はその瞬間を思い出したようにクスクス笑う。

「桔ちゃんこそ、僕の勘が間違っていたらどうするつもりだったんですか」

カマンベールチーズで頬を膨らませながら尋ねると、桔平は「お前は間違わないさ」ときっぱり言った。

「かなり前途多難な気がするが、それでもお前は閻魔だ。見習いとはいえ他でもない閻魔大王の命で俺の監視をしているんだろ？　そのお前が、あの人の言ったことは嘘だと判断した。俺はそれを信じただけだ」

「桔ちゃん……」

自分のことをそんなふうに思っていてくれたなんて。嬉しくて頬が赤らむ。

「もしあの時お前が首を突っ込まなかったら、アツシくんは嘘つきにされていた。ぶぅ太だって保健所に送られていたかもしれない。お前はアツシくんとぶぅ太を助けたんだ」

「助けたなんてそんな、大げさですよ」

ロクは照れ隠しに、ハーブ入りのクリームチーズとモッツァレラチーズをポイポイと口に放り込んだ。

「ん！　おいひいれすっ」

「いっぺんに食うな。リスか」

呆れたように苦笑するその瞳は、気のせいかいつもより何倍も優しい。

——怒ってても笑ってても、結局かっこいいんだよなぁ、桔ちゃん。

好きな人の傍にいられる幸せ。胸の奥のうずうずが止まらない。

「何サイダーでポーっとなってんだ。ほら、アヒージョ冷めたぞ」

桔平は傍らの小皿に取り出してあったカキを、ロクの前に差し出した。

「もしかしてそのカキ、僕のために冷ましておいてくれたんですか？」

テーブルに着くなり桔平は小皿にカキを取り分けた。それなのになかなか手をつけないから、てっきり食べるのを忘れているのだと思っていた。

「もしかしなくてもお前用だ。俺は猫舌じゃないから、熱々を美味しくいただく」

桔平はバゲットを千切るとアヒージョに浸し、美味しそうに頬張った。

「ありがとな、ロク」

ワイングラスに視線を落としたまま、桔平が呟いた。

「患畜に死なれた日や、引き取り手のない動物を愛護センターに引き渡した日は、やっぱり気が滅入る。今夜こうして美味しい酒が飲めるのは、お前のおかげだ」

ゆっくりと視線を上げ、桔平はもう一度「ありがとう」と言った。

「桔ちゃん……」

ほんの少しだけ目元が赤いのは、三杯目のワインに酔ったからだろうか。どこか色っぽい視線は、桔平がもうあの頃の少年ではない証だ。

――僕だって、もうあの頃みたいな仔猫じゃない。

桔平がワイングラスに口をつけるたび、あのグラスになりたいと思ってしまう。

――桔ちゃんの唇……いつもより赤い？

どうしてだろう、そこから視線が外せなくなる。

ドクドクドクドクうるさい鼓動を、どうしたらいいのかわからない。

「そういえば、お前の名前、誰がつけてくれたんだ」

不意に尋ねられ、ロクは「へ？」と間の抜けた声を出した。

「ロクって名前だよ。閻魔大王がつけてくれたのか」

ふわふわした頭が、一気に現実に引き戻された。

ロクにとって桔平は大好きだった初恋の人だ。でも桔平にとってロクは、突然落とされた地獄から監視人としてやってきた見習い閻魔でしかないのだ。

「僕の名前は……」

ロクはサイダーのグラスをきゅっと握り、にっこりと微笑んだ。

「忘れちゃいました」

「忘れた？」

「そんなことより桔ちゃん、僕にもワイン、ひと口ください」

「あ、待てロク、こら」

話題を逸らそうと、桔平の手からグラスを取り上げた。ひと口喉に流し入れると、葡萄の渋みが鼻に抜けていった。

「……苦い」

顔を顰めながらサイダーに手を伸ばす。

「渋いから美味いんだ。おこちゃまにはわかるまい」

「僕は大人です。二十歳です」

「お前には、百万年早い」

鼻で笑われ、ロクは口を尖らせた。

「出た。アヒル閻魔」

「違います」

「アヒル見習い」

「もっと違います」

「居眠り閻魔？」

「桔ちゃんの意地悪。毒舌獣医」

どちらからともなくクスクス笑い出す。

――百万年後も一緒にいたいよ、桔ちゃん。

百万年が無理なら百年、いや十年でもいい。一年でいいから。こんな穏やかで幸せな時間を過ごしたい。日に日に強くなっているその思いを、ロクは持て余していた。

たったひと口のワインで酔っぱらってしまったロクは、またしてもソファーでうたた寝をしてしまった。

「ロク、おいロク、こんなところで寝るな」

揺り動かされて目が覚めたが、身体が重くて動けない。

「ちゃんと風呂に入って、布団で寝ろ」

わかっているけれど、目蓋（まぶた）を開けることすら億劫（おっくう）だった。

「おい、居眠り閻魔」

「…………」

「よだれ閻魔。半目閻魔」

何を言っても指一本動かさないロクに、桔平は諦めのため息をついた。

「ったく……」

次の瞬間丸まった身体が、ふわりと浮いた。

鼻先に桔平の匂いを感じ、抱き上げられたのだとわかった。

「一週間で二度もお姫さま抱っこかよ」

ぶつぶつ文句を言いながら、桔平はロクを布団の上に下ろした。あらかじめ敷いておいてくれたらしい。

「半目でよだれ垂らしたお姫さまとか、最悪だ。間抜けな顔しやがって」

泣きたくなるほどひどい言われようなのに、眠すぎて何も言い返すことができない。

「お前の髪、真っ黒なんだな。お前が猫なら、さしずめ黒猫ってとこか」

桔平が腰を下ろす気配がする。同時に後頭部に指が触れるのを感じた。

「サラサラだけど猫っ毛なんだな。だからいちいちアホ毛になるのか」

桔平がふふっと笑う。

「閻魔と同居なんて、最初はどうなるのかと思ったよ。俺は他人と長時間一緒に過ごすのが苦手だし……誰かと一緒に暮らすなんて考えたこともなかったからな。でも、こうしてお前とふたりで飯を食ったり、話をしたりするの……わりと苦じゃない」

桔平はロクの髪を弄(もてあそ)びながら、ぽつぽつと告白するように呟く。

「そうそう俺、猫の中でも黒猫が一番好きなんだよなぁ。どうしてだかさっぱりわからないんだけど。俺が『猫は飼わない』って言うと、野口先生は『昔の恋人が猫系だったんでしょ』ってからかうけど、そんな恋人、いた覚えないしな」

ワインのせいかロクが眠っているからか、桔平は珍しく饒舌だ。

「お前の髪触ってると、なんだか妙な気持ちになる。懐かしいような、だけどものすごく悲しいような、思い出したいような、思い出したくないような……」

――桔ちゃん……。

目を開けようとした時、胸元に重みを感じた。

すんすんとロクの匂いを嗅ぎ、桔平はクスッと笑った。

「お前、汗臭いな。風呂入ってんのか？」

――お風呂が好きな猫なんて、いませんよ。

「まさか入ったふりして、シャワーしか浴びてないんじゃないだろうな」

――実はシャワーすら浴びていません。

「あぁ……なんだか眠くなってきた。俺もこのままここで寝ようかな……」

――昔はよく、僕を抱いたままお昼寝しましたよね。

そしていつも、こんなふうに心を通わせていた。

誰にも邪魔されない、大切な大切な時間だった。あの日が来るまでは。

「やっぱあっちで寝る。おやすみ、ロク。また明日な」

桔平の両手が頬を挟む。あの頃とまったく同じやり方で。

『また明日な、ロク』

手を振って去っていく十歳の桔平が目蓋に浮かんだ。

ガシャガシャとランドセルが揺れる音が、今にも聞こえてきそうだ。

――おやすみなさい、桔ちゃん。また明日。

甘くて、穏やかで、幸せな夜。

ロクは桔平の残り香に包まれながら、とろとろと深い眠りに落ちていった。


現世にやってきて一週間。ついにその時が来てしまった。

「絶対に嫌です！」

「お前に拒否権はない！」

「嫌ったら嫌です！」

病院から帰宅するなり桔平が「風呂(ふろ)に入れ」と迫ってきた。リビングの隅に追い込まれたロクは、クッションを片手に応戦する。

「いくら桔ちゃんのお願いでも、それだけは聞けません」

「お願いじゃない。命令だ」

「い・や・で・すっ！」

ロクは駄々っ子のように地団駄を踏んだ。

「お前、ここへ来てから一週間、一度も風呂に入ってないだろ。水の音がしていたからシャワーは浴びているんだと思っていたけど、あれは偽装だったんだな」

「濡れタオルで身体を拭いているから問題ありません」

「小賢しい手を使いやがって、なんちゃら地獄に堕ちてもいいのか」

　ロクは視線をうろつかせる。

「じ、地獄になんか堕ちませんよ。ただのイエローカードです」

「いいや、偽装工作は一発レッドだろ。退場だ。肉を剝がれて骨まで粉々だ」

「閻魔はお風呂なんて入らないんです」

「ここは地獄じゃない。今、お前は人間だ。つべこべ言わず今すぐ風呂に入れ。今日、野口先生に汗臭いの気づかれてただろ」

　野口の名前を出され、ロクは「うっ」と言葉に詰まった。

　朝一番、野口にぶぅ太を託した。感謝の気持ちを伝え、ぶぅ太という名前を変えないでほしいと頼んだ。野口は『ぶぅ太かあ』と微妙な表情をしていたが、『ロクくんのお願いなら仕方ないね』と承諾してくれた。

『本当に本当にありがとうございます』

　ぺこりと頭を下げると、野口が鼻をくんくんさせた。

『ロクくん、朝、ジョギングとかしてるの？』

『へ？　してませんけど、どうかしましたか？』

　毎朝、桔平に叩き起こされるまでぐうぐう眠っている。

『ああ、いや、別になんでもない。なんでもないんだけど……』

野口はぶぅ太を抱き、首を傾げながら去っていった。

「臭いなんて言われてません」

「診察室の前を通る時、小声で『なんかちょっと汗臭いような気がするんだよなあ』って言ってたんだぞ」

ロクはもう一度「うっ」と言葉を詰まらせた。

「俺はスタッフのプライベートには一切口出ししない。でもこの真夏に一週間も風呂に入らないような不潔なスタッフを置いておくわけにはいかない。今すぐ風呂に入らないなら、明日から病院に来るな」

「そんなあ」

縋るように見上げた桔平の目には、有無を言わせぬ強い意志が漲っていた。

入れ、と顎で風呂場を指され、ロクは仕方なくのろのろと立ち上がった。

「……昔はこんな意地悪言わなかったのに」

「あ？　なんか言ったか？」

「いいえ別に！　入ります！　入ればいいんですよね、もうっ」

やけくそ気味に裸になり、浴室に入った。

浴槽の蓋を開ける。もわりと上がった白い湯気に、ますますテンションが下がる。

「あーあ、嫌だなぁ」

どんよりとした気分で呟くと、中折れ扉の向こうから厳しい声がした。

「湯に浸かる前に、髪と身体を洗えよ」

ズルをしないかどうか桔平が脱衣所で監視しているのだ。これではすっかり立場が逆だ。

「白いボトルがボディソープで、ブルーのがシャンプー。チューブがトリートメントだ。間違えるなよ」

「そう言われても」

「ぐずぐずするな。ちゃんときれいになるまで、風呂から出さないからな」

「ぐずぐずしてるんじゃありません。わかんないんです」

「あ？　何が」

「お風呂というものに入ったことがないので、何をどうしたらいいのかわかんないんです」

「なっ……」

黒猫だった頃、どんなに汗臭くても桔平は「風呂に入れ」などと言わなかった。野良猫は風呂になど入らない。閻魔にも風呂に入る習慣はない。地獄にあるのは釜茹で用の釜だけだ。

たっぷり三十秒間沈黙した後、桔平は、はあっと大きなため息をついた。

それなら仕方ない。タオルで拭くだけでいいぞ。そう言ってもらえないかなと期待していると、扉が開き、桔平が入ってきた。

「うわあっ」

ロクは両手で顔を覆った。腰にタオルを巻いてはいるが、桔平は裸だった。

——桔ちゃんの、はっ、裸っ……。

ロクの脳内がプチパニックを起こしているとも知らず、桔平は冷静に告げた。

「隠す場所が違うだろ」

「……へ」

「全部丸出しにして、顔だけ覆うやつがあるか。風呂の入り方がわからないなら最初からそう言え」

指の隙間（すきま）でそっと片目を開けると、鼻先数センチのところに分厚い胸板があった。引き締まった大人の身体に、心臓がトクトクと早鐘のように鳴った。

「まったく、いちいち手がかかるやつだな。そこ、座れ」

促され、おずおずと椅子（いす）に腰を下ろす。

「いいか、一度しか教えないぞ。まず頭からシャワーを浴びる。毛先だけちょこちょこっと濡らしたってダメだからな。地肌までちゃんと濡らすんだ」

桔平が手を伸ばし、シャワーのコックを捻（ひね）る。身体に勢いよく湯がかかる。

「わ、わわっ、ちょっと待って、桔ちゃん」

「目ぇ瞑（つぶ）ってろよ」

待ってと言ったのに、桔平は待ってくれなかった。頭からシャワーを浴びせられ、ロクはじたばたと手足をばたつかせる。

「や、やだ、嫌だあっ」

「こら、暴れるな。ちょっとの間なんだからおとなしくしてろ」

患畜より始末が悪いと文句を言いつつ、桔平はシャワーの勢いを強めた。

「ひええ、だ、誰（だれ）か助けて！　やめてぇ、殺されるぅぅ」

「人をケダモノみたいに」

頭からシャワーを浴びせるなんて、十分ケダモノだ。黒猫時代なら失神しているところだ。ロクはたまらず桔平の太腿（ふともも）にがしっとしがみついた。

「お、おいっ」

「せ、せめて、こうしていてもいいですか……お湯、怖いので」

ぎゅうっと目を閉じて尋ねると、「勝手にしろ」と諦（あきら）めきったような声がした。

「そういえばジョセフィーヌもシャンプーが嫌いだって、野口先生が言ってたな。毎度引っかかれて大変なんだって」

「どんなに引っかかれても、ジョセフィーヌちゃんのことが大好きなんでしょうね。野口先生、優しいから」

「そうだな」

「ぶぅ太はどうでしょうね。暴れるでしょうか」

「どうだろうなあ。野良だから、最初は手を焼くかもしれないな」

話をしている間に、シャンプーが終わった。

「さて、次は身体だ。スポンジにボディーソープをつけて……これくらいの量だ。それからこうして泡を立てて……身体を洗う。やってみろ」

「えっと、こう……ですか？」

手渡されたスポンジで、ちょんちょん、と腹に触れた。

「もっと強く擦るんだ」

「強く擦ったら痛いです」

「そこは加減しろよ」

「こう？　ですか」

さっきよりほんのちょっぴりだけ強く腹を擦ってみせると、桔平はイライラした様子でロクの手からスポンジを奪い取った。

「もういい、俺が洗う」

「え！　桔ちゃんが洗ってくれるんですか？」

「なんで急に嬉しそうなんだ」

「えへへ」

だって昔より全然、触れ合いが足りないと思っていた。せっかくこんなふうにふたりで裸になったのだから、あの頃みたいに桔平の素肌を感じたい。

「くすぐったいですよ、桔ちゃん」

「我慢しろ」

「あはは、ダメダメ、首はくすぐったいです」

「うるさいやつだなぁ」

「脇もくすぐったいですってばぁ」

泡まみれになりながら身体をくねらせるロクに構わず、桔平は「後ろも洗うから反対向け」と冷静な口調で命令した。

「はあい」と元気に背中を向けると、ふと桔平の手が止まった。

「桔ちゃん、どうしたんですか？」

「……いや別に。尻を洗うから立て」

「桔ちゃん」

「ん？」

「僕、なんだかお風呂楽しくなってきました」

桔平はロクの太腿やふくらはぎをごしごし擦る。

「そりゃ何よりだ。汗臭い男はモテないぞ」

「これから毎日一緒にお風呂入りましょうね」

そうすれば毎日桔平の素敵な裸が見られる。こんなふうに素肌で触れ合える。

「バカ言ってんじゃない。一度だけだって言っただろ」

桔平はぶつくさと文句を言いながら、スポンジをロクの細い脚の隙間に入れた。内腿を泡で優しく擦られると、くすぐったさの中になんとも言えない甘い感覚が混じり始めた。

――くすぐったいけど……なんか気持ちいい。

されるがままになっていると、下腹の奥が急にずんと重くなった。股間のあたりに、むず痒いような熱っぽさを感じる。

「なんで家に帰ってきてまで、トリミングの真似事しなきゃならないんだ。ったく」

「桔ちゃん、あの」

「ほら、こっち向け」

くるりと身体を反転させられた。

「明日からは自分で洗うんだからな。ちゃんと――」

ロクの股間に視線を落とした桔平が、ぎょっと目を剝いて固まった。

「お、お前、なに勃てて……」

「どうしちゃったんでしょう。なんか、すごく変な気分なんです。むずむずするんです」

ここが、と股間を指さすと。桔平は一度口を大きく開き、そのまま何かを呑み込むようにゆっくりと閉じた。

「病気でしょうか。あれ、なんか、硬くなってるみたい」

「心配するな。病気じゃない。むしろ……」

「むしろ？」

「いや、いい」

桔平は眉間を指で押さえ、首をふるんと振った。

「とにかく洗い方はわかったな？　あとは自分で洗え。泡が全部消えるまでシャワーで流してこいよ。身体がきゅっきゅっきゅってなるまでだぞ」

「わかりました。きゅっきゅってなるまでですね」

桔平が出ていくと、股間のむずむずはすぐに消えた。

言われた通り、丁寧に泡を流して風呂場を出た。

「あぁ～、気持ちよかったぁ」

ぺったぺったとリビングに戻ると、桔平が飛んできた。

「あー、バカバカ、濡れたまんま歩き回るな！」

桔平は大きなバスタオルでロクの身体を包むと、頭から足の先まで容赦なくガシガシと拭いた。

「桔ちゃんが出ていったら、むずむず、治りました」

「……それは何よりだ」

「ご心配おかけしました」

にっこり礼を告げると、桔平は複雑そうな顔で「ああ、うん」とそっぽを向いた。

「なんか喉が渇きました」

「昨日買ったアイスがあるだろ」

「アイス！　食べます！」

バスタオルを放って冷蔵庫にダッシュしようとしたロクを、桔平がハシッと抱き留めた。

「パンツを穿け。アイスはそれからだ」

「はぁい」

「ったく、何が監視だ。これじゃ野生動物と暮らしているみたいだ」

ボクサーパンツによろよろと足を通していると、桔平が冷蔵庫からアイスを出してきてくれた。棒つきのバニラ味。あの夏ふたりで食べたアイスとよく似ている。

「いっただっきま〜す」

ソファーに背中を預け、四角いアイスの側面をぺろりと舐める。一瞬舌が貼りついて、徐々に甘さが広がる。懐かしい感覚を楽しみながら、バスタオルを片付ける桔平の背中を見つめた。

「桔ちゃんはアイス、食べないんですか？」

「いらない」

「半分こしませんか？」

「結構だ」

「ひと口だけ食べてみませんか？　美味(おい)しいですよ」

「甘いものは食べないと言ったろ」

「大人ってつまらないですね」

ぷうっと頬(ほお)を膨らますと、桔平が背中を向けたままクスっと笑った。

「『僕は大人です。二十歳(はたち)です』とか、言ってなかったか？」

「僕はつまらなくない大人なんです。う〜ん、冷たい、ここがキーンとします」

眉間を押さえようとした時だ。溶けたアイスの先端が折れて太腿に落ちた。ボクサーパンツ一丁だったロクは、冷たさに驚いて「ひえっ！」と飛び上がった。

「あっ……」

マズイと思う間もなく頭と尻に〝あの〟感覚が走った。同時に猫耳と尻尾(しっぽ)が飛び出す。

「ロク、先にTシャツを着ろ――」

最悪のタイミングで振り返った桔平が、目を剥いて固まった。

「えっと、あの、これはですね……」

どう言い訳しよう。ぐるぐる考えている間に、一歩二歩と桔平が近づいてくる。まだ捨てていなかったのか、そのコスプレ！　と雷が落ちるに決まっている。

「すみません、捨てようと思ったんですけど……あっ」

桔平の手が顎にかかる。射るような強い眼差(まなざ)しが、瞳(ひとみ)の奥をじっと覗(のぞ)き込む。

「お、怒らないでください」

「お前……」

「話せばわ、わかりますっ、からっ」

桔平はびくびくと怯(おび)えるロクの手から、食べかけのアイスを取り上げた。

「まずTシャツを着ろ」

「……はい」

前後を確認してTシャツを被(かぶ)る。もぞもぞと不器用に左右の腕を通すのを待って、桔平が口を開いた。

「お前、もしかしてあの時の黒猫か？」

「え……」

Tシャツの裾(すそ)を引っ張りながら、ロクは目を見開いた。

――桔ちゃん、まさか。

一瞬、記憶を取り戻したのかと思ったのだが。

「お前、あの時閻魔大王の肩に乗って、みゃあみゃあ鳴いていた黒猫だな？」

鼻の頭が触れそうな距離で桔平が問う。失くしていた記憶が戻ったわけではないとわかり、身体から力が抜けた。

「はい。大王さまが人間の身体にしてくださったんですけど、びっくりすると耳と尻尾が出ちゃうんです。気をつけてはいたんですけど」

「やっぱりそうか。おおっ、本当にちゃんと頭から生えてるんだな」

桔平は左右の猫耳を軽く引っ張り、「すげえな」と感心している。

「あの、びっくりしないんですか」

「したに決まってるだろ。お前ときたら、誰彼かまわず『閻魔です』と名乗るわ、見境なしに動物の心を読むわ、突然男前になって嘘(うそ)を見抜くわ、すぐにすーぴー寝るわ、しかももれなく半目でよだれ垂らすわ。俺はすでに二百パーセントキャパオーバーだ。そこへもってきて今度はいきなり耳と尻尾？　びっくりなんてレベルじゃねえよ」

桔平は髪の毛をガシガシとかき回し、床に穴が開きそうなほど大きなため息をついた。

「けどまあ閻魔がアリなら大概なんでもアリだろ。閻魔も黒猫閻魔も大した違いはない。お前のおかげで俺の心は海より広く深くなった。菩薩(ぼさつ)だ。神仏の領域だ。どんと来いだ」

「桔ちゃん……っ」

ロクは思わず桔平の胸に抱きついた。

「お、おい、アイスがつくだろ」

「だって僕、すごく嬉しくて。バレたら『気味が悪い』って追い出されるんじゃないかと思っていたので」

黒猫というだけで忌み嫌われ、石を投げつけられたこともあった。

「追い出すなら最初からそうしている。それに俺は無類の黒猫好きだ。これからは俺とふたりきりの時は、気を遣う必要はないぞ」

「ありがとうございます。僕、今、天にも昇る気持ちです」

目頭を熱くするロクに、桔平は「閻魔が天に昇ってどうする」と笑った。

そうこうしているうちに猫耳と尻尾の影がスーッと薄くなり、あっという間に消えた。

桔平は息を呑んでその様子を見つめていた。なんでもアリと言ったものの、やはり俄かには信じられないのだろう。

「やっぱアイス、ひと口よこせ。ちょっと頭を冷やす」

桔平はロクの手からアイスを取り上げ、ぱくりとひと齧りした。

「美味しいですか？」

桔平が「まあな」と頷く。ロクはぱあっと破顔した。

「でしょでしょ？　やっぱり棒がついたバニラのアイスって、最高に美味しいですよね」

「そうなのか？」

「桔ちゃんだってそう思っていたから、このアイス買ってくれたんですよね？」

「いや、偶然一番手前にあったから、何も考えずに籠に」

「偶然ではありませんよ。このアイスが、桔ちゃんを呼んだんです。だってあの頃も、桔ちゃんいつも棒つきのバニラを――」

言いかけてハッと口を噤んだ。

「あの頃？」

「……いえ、なんでもないです」

黒猫閻魔の自分を受け入れてもらえた嬉しさで、うっかり口が滑ってしまった。慌ててごまかそうとしたが、桔平は視線を逸らさない。

「なんでもなくない。お前、さっき風呂でも言ってたな。昔は意地悪じゃなかったとか」

ロクは視線を彷徨わせる。

「そんなこと、言いましたっけ」

「ロク、俺たちが閻魔大王の前で会ったの、本当に初対面だったのか？」

ロクはビクンと身体を竦ませた。

「お前、閻魔になる前は何やってたんだ？　もしかしてこっちの世界で暮らしていたんじゃないのか？」

「…………」

「ロク、ちゃんとこっちを見ろよ」

桔平の真剣な表情を見ることができない。ロクは項垂れ、ふるふると首を振った。

――落ち着かなくちゃ……落ち着かなくちゃ。

ロクはきゅっと拳を握る。

「初対面ですよ。僕はあの時、初めて桔ちゃんと会ったんです」

これは何枚目のイエローカードだろう。考えながらゆっくりと顔を上げた。

にっこりと笑ってみせたのに、桔平は笑い返してはくれなかった。

「じゃあ今お前が言った『あの頃』っていうのは？」

「ま、間違えたんです。アイス買ってくれたのは、別の人でした」

「ってことは、やっぱりこっちの世界にいたことがあるんだな？」

「…………」

「誰だ。誰にいつ、棒のついたバニラアイスを買ってもらったんだ」

「それは……」

――もうそれ以上聞かないでください。

辛くて、苦しくて、笑顔が歪んでしまう。

悲しい記憶は切り取って捨てて、楽しかったことだけを思い出してもらえたらいいのに。

ロクは唇を嚙みしめて俯いた。

「内緒です」

「どうしても話したくないのか」

「……ごめんなさい」

消え入りそうな声で謝ると、桔平は天井に向かってふうっと長い息を吐いた。

「なら話題を変えよう。背中の傷、どうしたんだ」

「……え」

「さっき風呂で気づいた。お前の背中にある大きな傷、どうしたんだ」

「これは……」

十九年前のあの日、桔平を助けようと割れたサッシから家の中に入った時、ガラスで切った傷だ。

「転んだとか、そういうのはナシな。嘘ついたら舌、抜くぞ」

桔平はロクの額に人差し指を突きつけるが、本当のことなど言えるはずもない。

ロクはイエローカードを重ねる。

「ずっと前に、閻魔大王さまの肩から床に飛び降りる時、失敗して椅子の背もたれの金具に引っかかっちゃったんです。これはその時の傷です」

「はあ？」

桔平が呆れたように眉根を寄せる。

「衝撃的にどんくさいやつだな」

「大王さまにも呆れられました」

てへ、と頭を掻いてみせる。ありもしない失敗談を信じてくれたようでホッとする。

「それにしても大きな傷だった。痛かっただろ」

「さすがにちょっと痛かったです」

「ちょっとじゃないだろ。いっぱい血が出たんじゃないのか」

まるで自分がどこかを痛めたような声に、ロクはふるんと頭を振った。

「血なんか出ませんよ。閻魔ですから」

「……そっか」

すっかり溶けてしまったアイスをシンクに流しながら、桔平が呟く。

「まだ時々、夢を見ているんじゃないかと思うよ……お前が閻魔だということも、猫耳や尻尾が生えたり消えたりすることを、あっさり認めている自分自身も」

シンクを流れる水の音に混ぜ、桔平は誰にともなく話す。ロクはソファーの上で膝を抱え、そっと目を伏せた。

「どうしても話したくないというなら、無理に話さなくていい。ただ、誰にも言えない秘密をひとりで抱えるって、結構しんどいものだ。誰かに打ち明けることでお前が少しでも楽になるのなら、いつでもいい、俺を呼べ。待ってるから」

「桔ちゃん……」

涙が溢れそうになり、ロクは抱えた膝に顔を埋めた。

桔平が水道を止める。水音が止むと、窓の外から消防車のサイレンが聞こえてきた。

「近いな」

桔平が窓際に向かう。

「火事でしょうか」

ロクは顔を上げ、ソファーから立ち上がる。

「多分な」

桔平がカーテンを開けると同時に、サイレンが止まった。

「最近不審火が続いてるなあ」

「そうなんですか」

「ああ。先週も三丁目で――あ、赤色灯が見える。病院の方角だな」

桔平は「ちょっと見てくる」と玄関に向かった。

「待ってください。僕も行きます」

ロクは桔平の後を追う。

「病院の近くだったら心配ですもんね」

桔平はスニーカーに足を突っ込みながら「ああ」と頷いた。

「父親が火事で死んだからかな。昔から消防車のサイレンが鳴ると嫌な気分になるんだ」

不意に平手打ちを喰らった気がした。ロクは靴に足先を入れたまま、動きを止めた。

「そう……なんですか」

ドクドクと、鼓動がうるさい。手足が痺れたように動かなくなる。

「火も煙も見えないから大丈夫だと思うけど、念のために行ってみる。どうした、ロク」

「あの……僕、やっぱりお留守番しています」

「さては眠くなったんだな？」

「……ごめんなさい」

頷くことで、また一枚カードを重ねてしまう。

「わかった。じゃあ行ってくるから、先に寝てろ」

そう言って桔平は、ロクの頬を手のひらで挟んだ。途端にロクはヒヨコになる。

「行ってらっしゃいは？」

「いっへらっひょい」

間抜けな声に満足したのか、桔平は「行ってきます」と微笑み、玄関を出ていった。

玄関ドアが静かに閉まると、ロクはその場にへなへなとしゃがみこんでしまった。

ドクドクドク。鼓動が鼓膜を打つ。

どうして今まで気づかなかったのだろう。ロクは頭を抱えた。

ロクの勇気と咄嗟の判断が、桔平の命を救った。すべては正当防衛だ。あの日閻魔大王はそう言った。だから罪には問わないと。

――でも、だからといって桔ちゃんが、お父さんを憎んでいるとは限らないよね。

どうして今まで思い至らなかったのだろう。

桔平は、自分の父親が火事で亡くなったことを祖父母から聞かされて知っている。けれど父親が自分を殺めようとした結果に起こってしまった火事だということは忘れている。

つまり桔平の中で父親は、心を病む前の、一緒に暮らしていた頃の父親なのだ。

そしてロクは……。

「桔ちゃんの大事なお父さんを、殺してしまった猫……」

玄関の片隅で、ロクはぎゅうっと縮こまる。

ロクが以前現世で暮らしていたことに、桔平は感づき始めている。そして自分と接点があったのではないかと疑っている。猫耳を見てしまったことで、記憶が戻り始めているのかもしれない。

『ロク、お前、あの時のロクだったんだな』

記憶が戻った時、そう言って抱きしめてくれるかなぁなんて、ふわふわと想像していた。けれどたった今、そんなことは夢にも起こらないとわかってしまった。

自分は桔平の父親を手にかけた。だから地獄に堕ちたのだ。

桔平の命を救いたかった。そのためにはああするしかなかった。それでもしでかしたことが、地獄へ堕ちるほどの重罪であることに変わりはない。

今さらながら気づかされた現実に、ロクは目を閉じ震えた。

ひと月の間、淡い恋の続きができる。そんな軽い気持ちで引き受けてしまったけれど、本当は現世になど来てはいけなかったのかもしれない。桔平の傍にいられればそれでいいと思っていたのに、ロクの意思など無視して〝好き〟はどんどん大きくなっていく。

「桔ちゃん……僕、どうしたらいいですか」

手のひらの感触の残る頰を、そっと撫でてみる。

「桔ちゃんが好き。大好きなのに……」

名前を口にするたびに、胸がぎゅうっとなって息が苦しくなる。

「せめて……せめて僕がこの世界にいる間は、思い出さないで。……お願いだから」

壁に背を預け呟いた。

込み上げてくる思いの身勝手さに、どうしようもなく悲しくなってしまった。

「それではこれからロクくんの歓迎会を始めます。乾杯！」

「乾杯！」

野口の音頭で、みんな一斉にグラスを掲げた。

『くろさわ動物病院』で働き始めて間もなく二週間になろうという夜、近所の居酒屋でロクの歓迎会が催された。

「もう少し早くやりたかったんだけど、遅くなっちゃってごめんね、ロクくん」

「そんな。歓迎会をしていただけるなんて思っていなかったので、とっても嬉しいです」

左隣の修子のグラスが早くも空いた。

『いいかロク、絶対にがぶがぶ飲むんじゃないぞ。酔っぱらって猫耳と尻尾が飛び出したら大変だからな。お前はお酌に徹しろ。いいな。わかったな』

今朝、出がけにきつく釘を刺されたことを思い出し、ロクはビール瓶を手にした。

「修子さん、ビールどうぞ」

「ありがとう。ロクくんももっと飲みなよ」

「ありがとうございます。でも僕、あんまり強くないので」

やり取りを聞いていた野口が、右隣から「そうなの？」と首を伸ばしてきた。

「今夜は俺、ロクくんと、とことん飲もうと思っていたんだけどなあ」

野口が残念そうに口を尖らすので、ロクは思わず笑ってしまった。

「たくさんは無理ですけど、少しなら飲めます」

「お、そう来なくちゃ」

野口はロクのグラスにいそいそとビールを注ぐ。

「料理を食べながらゆっくりと飲むといいよ。そうすれば悪酔いしないから」

そう言って野口は、ロクの皿にあれこれと料理を取り分けてくれた。

――ほんと、野口先生って優しいなあ。

野口が引き取ってくれなかったら、ぶぅ太は今頃どうなっていたかわからない。野口に対する感謝の気持ちは日々募るばかりだ。

二杯目のビールを飲み干し、ちょっとふわふわした気分になった頃、耳元で野口が囁いた。

「ロクくん、この頃いい匂いだね。シャンプー変えた？」

「シャンプーですか？」

「最初の頃と、匂いが違う気がするんだけど」

「ああ、それは……」

実は最初の一週間は、シャワーすら浴びていなかったんですよ。暢気にそう答えようとした瞬間、向かいの席で桔平が「ごほんっ」と空咳をした。その視線は真っ直ぐロクに向けられ、「くれぐれも余計なことを言うなよ」と訴えていた。

「シャ、シャンプーは桔ちゃんのを使わせてもらっているので、変わったかどうかは……」

「あ、そっか。考えてみれば黒澤先生と同じシャンプー使ってるんだよね」

「はい」

「たまには一緒にお風呂、入ったりするの？」

「聞いてくださいよ。それがですね――」

一回しか一緒に入ってくれないんですよ、と文句を口にする前に、またしても向かいから「ごほんっ」と空咳が聞こえた。

「黒澤先生、夏風邪（なつかぜ）ですか？」

尋ねながら、野口は桔平のグラスにビールを注ぐ。

「かもな」

「気をつけてくださいね。ロクくんにうつったら大変だ」

桔平は何も答えず、注がれたビールをテーブルに置くと、おもむろに立ち上がった。

「どこへ行かれるんですか？」

尋ねた野口に「便所だ」と言い残すと、世にも不機嫌そうな顔でトイレに向かった。

――桔ちゃん、なんだか機嫌悪いな。

毎日忙しすぎて、疲れが溜（た）まっているのかもしれない。帰ったらマッサージでもしてあげようと心に決めた。

「ねえロクくん、ぶぅ太の様子、気にならない？」

　ロクは「なります！」と振り向く。

「どうしてるか詳しく知りたい？」

「もちろんです。すっごく知りたいです。ぶぅ太、元気ですか？」

　野口はふふっと意味ありげに微笑むと、「じゃあさ」と顔を近づけ小声で囁いた。

「一次会が終わったら、俺ん家においでよ」

「野口先生のお家にですか？」

「なんなら泊まっていってもいいよ。ジョセフィーヌちゃんたちも紹介する」

「ほんとですか？」

　目を輝かせた時だ。背後から「ロク」と低い声で呼ばれた。振り返るとトイレに行ったはずの桔平が仁王立ちしていた。

「あれ、桔ちゃん、おトイレもう終わったんですか？」

　ロクはきょとんと首を傾げる。

「ちょっと来い。話がある」

　腕を摑まれ、立ち上がるように促された。

「え、僕、今野口先生と大事なお話を――」

「こっちも大事な話だ。来い」

有無を言わせぬ口調に戸惑っていると、野口が「行っておいで」と背中を押してくれた。

「すみません」

仕方なく立ち上がろうとしたその時、視界がぐらりと揺れた。

「あっ……」

思ったより酔いが回っていたらしく、ロクはテーブルに手をついた。ガシャン！　と大きな音がして、皿とグラスが床に落ち、割れた。

——あ、マズイ！

いつもその感覚は唐突に襲ってくる。左右の頭頂部と尻に覚えのあるむずむずが走った。ここで猫耳と尻尾が飛び出したらどうなるか、酔った頭でも容易に想像ができた。

——ダメ、出ちゃうっ。

泣きそうな目で桔平を見上げる。一瞬で事態を察した桔平は、目にも止まらぬ速さでロクを背中から抱き寄せた。そして飛び出した猫耳がテーブルから死角になるように、ひらりと身体を反転させる。

「桔ちゃ……」

見上げようとすると、桔平が「黙ってろ」と囁いた。

「何？　気持ちが悪い？　あれほど言っただろ、調子に乗って飲むなって」

ロクを懐に抱いたまま、桔平がひとり芝居をする。

「まったく世話が焼けるなあ。ほら、歩け。イチ、ニ、イチ、ニ」

棒読みの台詞の後、耳元で「転ぶなよ」と囁く声がした。ロクは「はい」と頷き、桔平に背中から抱きつかれたまま、ひょこひょことトイレに向かって歩いた。

「なにアレ。二人羽織りみたい」

「あんなコントみたいな歩き方する黒澤先生、初めて見ました」

「黒澤先生、ロクくんのことになると、なんかちょっと人格変わりますよね」

看護師三人が「わかる〜」と笑い合う声が聞こえた。

トイレに着くと、桔平はロクの身体を解放した。

「ふう、危ないところでした。ありがとうございました」

「何が危ないところでした、だ。俺は寿命が十年縮んだぞ。大体注がれるまんま、全部飲むやつがあるか」

「……すみませでした」

呆れたように睨まれ、耳と尻尾はしゅるしゅると消えていく。

「ったく、お前もお前だが、野口先生も野口先生だ」

「野口先生は悪くありません。お料理食べながら、ゆっくり飲みなさいって教えてくれました」

「口ではそう言いながら、結構なペースでお前のグラスにビール注いでたけどな」

不機嫌を隠そうともしない様子に、ロクの心は痛んだ。

以前尋ねた時、桔平は野口について「好きも嫌いもない」と言っていた。「一番頼りにしているスタッフだ」と。それなのになぜ、野口のことを悪く言うのだろう。

「お前、野口先生に気を許しすぎだ。誰彼構わず懐くなと言っただろ」

「ぼ、僕、懐いてなんかっ」

「懐いてただろ。へらへらしやがって」

あまりの言われように、さすがにムッとした。

「へらへらなんてしていません。どうして野口先生と仲良くなっちゃいけないんですか？」

桔平はちょっと狼狽(うろた)えたように「そうは言っていないだろ」と視線を逸らした。

「じゃあ『懐くな』なんて言わないでください」

「俺はただ、心配しているんだ」

桔平が困ったように唇を嚙んだ。

「なんの心配ですか。野口先生は優しいいい人です」

「それはわかっている。そういうことじゃないんだ。野口先生は――」

桔平が言いかけた時だ。

「お取り込み中だったでしょうか？」

トイレの扉が開き、野口が顔を覗かせた。

「ロクくんが心配で見に来ちゃいました。大丈夫？」

「はい。大丈夫です。ご心配おかけしました」

「思ったより顔色がよくて安心した」

野口は優しい笑顔でロクの頭を撫でると、桔平の方へ向き直った。

「奇遇ですね。黒澤先生もこっちの人だったとは」

――こっち？

ロクは意味を解せず目を瞬（しばたた）かせたが、桔平は何も答えず野口から視線を逸らした。

「そうじゃないかなとは思っていたんですよ。見合い写真は開こうともしないし、美人の飼い主さんに言い寄られても完全にスルー。かといって彼女がいるふうでもないし」

「何が言いたいんだ」

「ロクくんのこと、好きなんですか？」

「え？」と声を上げたのはロクだった。桔平はふんっと鼻で笑うと「くだらない」と吐き捨てた。

「くだらない……ですか」

「ああ。くだらないね」

「つまりそれは、ロクくんのこと、なんとも思っていないってことでOKですか」

「思いようがないだろ。俺にとってこいつは、ただの従弟だ」

——ただの従弟……。

ストレートな言葉が、ロクの心にぐさりと突き刺さった。

最初からわかっていたことだった。十歳の少年に淡い恋心を抱いたのはロクだけ。桔平にとってロクは神社にいた野良猫。おまけにその頃の記憶すらない。再会に胸躍らせているのもロクだけ。桔平にとっては自分を監視するためにやってきた閻魔だ。

——しかも僕は、桔ちゃんのお父さんを……。

桔平が記憶を取り戻したら、とても一緒になど暮らせないだろう。なるべく考えないようにしているけれど、思い出すと胸が苦しくなる。

「それを聞いて安心しました。じゃあ俺、遠慮なくロクくんを誘いますね」

野口がにっこり微笑んだ。

「さっきの話の続きだけど、ロクくん、よかったら今夜うちに——」

「ダメだ！」

遮ったのは桔平だった。その大きな声にロクはびくんと身を竦ませた。野口も目を見開いたが、一番驚いているのは桔平本人のようだった。

俺は今なぜ怒鳴ったりしたんだ？　そんな戸惑いの表情を浮かべている。

「大きな声を出さないでください。ロクくんが怯えてるじゃないですか」

野口に睨まれ、桔平は「……悪い」と項垂れた。

「どうしてダメなんですか。黒澤先生、ロクくんに恋愛感情はないんですよね」

「だからこいつは従弟だ」

「でも未成年じゃないですよね。二十歳は子供じゃないですよ？」

「とにかくダメなものはダメだ」

「とにかくって……全然答えになっていません。黒澤先生らしくないですね」

笑みを絶やさない野口に比べ、桔平は苦い物でも食べさせられたような顔で、ずっと床を睨みつけている。

「本人がどうしたいのか。それが一番大事だと思いますけど」

野口がロクの顔を覗き込む。同時に桔平が視線を上げた。

「ダメだ、ロク。外泊は許さないぞ」

「なんなんですか、その昭和の頑固おやじみたいな束縛は。ロクくんはどうしたいの？　黒澤先生と帰りたい？　それともぶぅ太に会いたい？」

「僕は……」

桔平にとって自分は恋愛の対象じゃない。改めて突きつけられた現実がじりじりと胸を締めつける。マンションに帰ってふたりきりになったら、もっと切なくなるだろう。野口のところへ行ってぶぅ太の顔を見ている方が、気が紛れるかもしれない。

——でも……ダメだ。

ぶぅ太には会いたいけれど、ロクには桔平を監視するという使命がある。

「僕……歓迎会が終わったら、桔ちゃんと帰ります」

ロクの答えに、野口はがっかりしたように、桔平はホッとしたように、それぞれ深いため息をついた。

「そっか。残念」

「ごめんなさい。せっかく誘ってくださったのに」

「気にしないでいいよ。必ずまた誘うから」

野口は笑顔でそう言い残し、ひと足先にみんなのところへ戻っていった。

扉が閉まると桔平が「ロク」と呼んだ。

「なんでしょうか」

ほんの少し、声が尖っていることに気づいたのだろう、桔平は「いや、なんでもない」と言葉を濁した。

「なんでもないなら話しかけないでください」

小さく睨むと、桔平は傷ついたように瞳を揺らした。

「今の話でわかっただろ。野口先生はゲイだ。公言しているから、スタッフもみんな知っている。ゲイってわかるか？」

「それくらい知っています」

「お前は野口先生のこと、そういう意味で好きなわけじゃないだろ？　だから俺は――」

「どうしてわかるんですか？　僕の気持ちが」

自分でも信じられないくらい、冷たい声が出た。

「桔ちゃん、僕の気持ちが全部わかるんですか？　桔ちゃんは神さまですか？」

「ロク……」

「勝手に想像して、勝手にいろいろ決められたら迷惑です」

ああ、こんなことを言いたいわけじゃないのに。拗ねた心が勝手に言葉を紡ぎ出す。

「僕の気持ちなんて、何もわかっていないくせに」

拳を握って俯いた。悲しくて切なくて、やりきれなかった。

「……そうだな」

頭上から桔平の暗い声が落ちてくる。

「そろそろ……みんなのところに戻ります」

桔平が扉を開けてくれた。先を歩くロクの後ろから、もう一度桔平が「なあ、ロク」と呼んだ。

「なんですか」

「嘘をついたらさ」

ロクは足を止め、ゆっくりと振り返った。

「ひどい嘘をついたら、俺はまた地獄に堕ちるのか」

唐突になんの話だろう。ロクは首を傾げながら「そうなると思います」と答えた。

「そっか……」

「どうしたんですか、突然」

「いや、いいんだ。なんでもない」

「変な桔ちゃんですね」

前を向いたロクの二の腕を、後ろから桔平が掴んだ。

「どうしちゃったんですか。早く戻らないとみんな心配して――」

「前に言ったこと。俺が猫を飼うと悲しむやつがいる気がするって。あれ、お前なんじゃないのかな」

ロクは前を向いたまま、そっと目を閉じた。

「お前、最初から閻魔だったのか？　もしかして最初はこっちの世界にいて、何かの事情で閻魔になったんじゃないのか？」

「………」

「答えてくれよ、ロク」

細い二の腕に、桔平の指が食い込む。

「痛っ……」

顔を顰めると、桔平は「悪い」と慌てて手を放した。いつになく弱気な態度が、今のロクにはひどくじれったい。すぐに放すのなら、どうして掴んだりするんだろう。ずっと掴んでいたいなら、ロクが泣こうと喚こうと放さなければいいのに。

「桔ちゃん、僕のことなんとも思ってないんですよね。ただの従弟なんですよね」

「え……」

「だったら優しくしないでください。庇ったりしないでください。猫耳が飛び出してみんながパニックになって、もうこの世界にいられなくなって、閻魔大王のもとに連れ戻されても、知らん顔していてください」

「ロク……」

「いいんです。最初からわかっていたことですから」

溢れ出す感情を止められない。ロクはぐっと奥歯を食いしばった。

「話したくないなら無理に話さなくていいって、桔ちゃん言いましたよね」

「ああ。でもあれは本心じゃなく――」

「話したくないです。大王さまに口止めされているんです。僕が閻魔になった理由は、誰にも話しちゃいけないって」

桔平の辛そうな声が、またひとつロクに嘘をつかせた。

「……そうだったのか」

「だからごめんなさい」

「……うん」

「行きますね」

歩き出したロクを、桔平はもう止めなかった。

「黒澤先生」

「…………」

「黒澤先生、聞いてますか？」

「……へ？」

「へ？　じゃなくて、小林ピッピくんのお薬、前回と同じでいいんですよね？」

「あっ、ああ、はい、同じでいいです」

「大丈夫ですか、黒澤先生」

「すみません。大丈夫です」

居酒屋での歓迎会から数日後、バックヤードでタオルを畳んでいたロクは、診察室から聞こえてきた修子と桔平の会話に耳を澄ました。

「お疲れなんじゃないですか？　午前中の手術でもピンセットを落とされていましたよね」

「ちょっとぼんやりしてしまって。ホント、すみませんでした。気をつけます」

「黒澤先生がぼんやりするなんて珍しいですね。まさか恋でもしましたか？」

修子が「なんちゃって」とからかう。ロクは思わず手を止めた。

「あら、否定なさらないんですか？　まさかマジで恋しちゃったんですか？」

「それが、よくわからないんです」

「わからない？」

「自分の気持ちも、相手の気持ちも、この感情をどう呼ぶべきか」

——桔ちゃん……。

ロクはタオルを放り出し、診察室とバックヤードを仕切るカーテンの前で耳を欹てた。

「あらまあ、思いのほか重症みたいですね。顔が赤いですよ」

「からかわないでください」

「からかってなんかいませんよ。むしろとても喜んでいます。黒澤先生が人間に興味を持つなんて、めでたいじゃないですか。お赤飯炊こうかしら」

「……やっぱりからかってますね」

修子は「そんな顔しないでください」と笑った。

「気持ちに名前なんかつけなくてもいいんじゃないですか？　その人のことを思うと胸がきゅんとなって眠れなくなったり、その人が他の誰かと楽しそうにしていると嫌な気分になったり。その時はどうしてそんな気持ちになるのかわからなくて、ずいぶん後になって、ああ、あれは恋だったんだなって気づくこともありますし」

「鈴原さんにもそんなことが？」

「小学生の頃の話ですけどね。お相手の気持ち、確かめていないんですか？」

「……嫌われているような気がします。このところ目を合わせてくれなくて」

「確かめもしないで、何を弱気になってるんですか」

パシン、と軽い音がした。修子が桔平の背中に活を入れたのだろう。

「痛っ」

「しっかりしてください。ほら、次の患者さんを呼びますよ」

「はあい」という情けない返事に、修子は「ファイト、黒澤先生」と笑った。

――桔ちゃん、好きな人がいるんだ。

居酒屋のトイレで「なんとも思っていない」と言われた。そのショックも冷めやらないうちに、今度は桔平が誰かに恋をしていると知ってしまった。

人間に興味を持ってくれて嬉しいと修子は言った。桔平はそれを否定しなかった。

——つまり相手は僕じゃないってこと……。

「……当たり前だよね」

思わず大きなため息が漏れた。あんなにはっきりと「恋愛対象外」宣言をされたのに、何をまた傷ついているのだろう。何を今さら期待しているのだろう。

どんなに好きになっても、この恋が叶うことはない。何度そう言い聞かせても、やっぱり胸が痛い。

——だって大好きなんだもん。

寝起きの欠伸。仕事中に寄せる眉間の皺。患畜を撫でる時に垂れる眦。

そして『ロク』と呼ぶ声。大人になった低い声。

——全部全部、大好きなんだよね。

桔平のことを考えるだけで身体の芯が熱くなる。恋人でなくていい。片思いでいい。桔平の傍にいられるなら、それで。

赤くなった顔を畳みかけのタオルにぱふっと埋めたところで、「ロクくん」と背後から呼ばれた。

「はいっ！」

慌てて振り返ると、若葉が申し訳なさそうに両手を合わせていた。

「ごめん、買い物頼めるかな。手が離せなくて」

ロクは真っ赤な頬を両手で挟み、「大丈夫です」と頷いた。

商店街に来るのは『フラワー・いがらし』の前でぶぅ太を保護したあの日以来だった。ロクは若葉に頼まれた雑貨を買うため、ホームセンターに向かった。

自動扉が開くと、店のあちこちから「いらっしゃいませ」と声がした。

「えーっと、粘着コロコロと、トイレットペーパーと……あ、そうそう領収書は『くろさわ動物病院』宛てだったよね」

リストと籠を手に、掃除用品のコーナーで粘着コロコロを探す。

「あった。これの三本セットを五パック……と」

粘着コロコロを籠に入れていると、商品棚の前で中年の女性がふたり、立ち話をしているのが聞こえた。

「そうなのよ。だからこの間の不審火も……」

「まさかとは思うけどねえ。知り合いの娘さんが犬を飼っていて、あそこの病院にお世話になっているんだけど、若いのに腕のいい先生だって評判よ？　くろさわ動物病院の院長」

——桔ちゃんの話……？

ロクは商品を探すふりをしながら、ふたりの声が聞こえる位置まで近づいた。

「仕事の腕とは関係ないんじゃないかしら。それに腕はいいけど不愛想で怖い先生だっていう噂(うわさ)もあるわよ？　この間の一丁目の不審火の現場で、確かに姿を見かけたのよね」

「そうだったの」

「花屋の五十嵐さんが言うには、先月の三丁目の火事の時も現場にいたんだって。三丁目ってちょっと遠いでしょ？　しかも真夜中よ？」

——五十嵐って……。

その名前に、ロクは眉を顰(ひそ)めた。

「でも、不審火があると商店街の人たち、みんな結構見に行くじゃない。五十嵐さんだってその場にいたから、院長先生を見かけたわけでしょ？」

「それはそうなんだけど、なんだか妙な感じだったって言うのよ」

女性が声を潜めた。ロクは商品棚に目をやったまま、じりじりとふたりに近づく。

「妙な感じ？」

「すごく怖い顔をして、火柱をじーっと睨みつけていたんだって」

「だから怪しいって言うの？」

「あの先生、子供の頃に火事で父親を亡くしているらしいのよ。なんていうのかほら、トラウマとかフラッシュバックとか？　そういうのじゃないかって五十嵐さんが」

「まさか……信じられないわ」

ロクは忍び足で後ずさると、急ぎ足でレジに向かい、会計を済ませるやホームセンターを飛び出した。

「何言ってんの、あの人たち」

心臓がドクドクとうるさい。桔平の顔を思い浮かべた時の、弾むようなドキドキとはまるで違う、胃の底で何かが滞るような、すごく不快な鼓動だ。

確かにあの日桔平は、不審火の現場を見に行った。けれどそれは動物病院の無事を確認するためで、そもそも桔平が家を出た時には、消防車のサイレンは止まっていた。

商店街を全力で走りながら、ふつふつと怒りが湧いてくる。

「なんてひどい人なんだ。五十嵐さん」

あの日、キレたように『覚えていろよ』と怒鳴っていた。きっとぶぅ太の一件で桔平に恥をかかされたことを、根に持っているのだ。腹立ちまぎれに桔平の過去を調べ上げ、いいネタを見つけたとばかりにあちこちで根も葉もない噂を吹聴しているのだろう。

「桔ちゃんが放火なんてするわけないじゃない！」

気づいたら『フラワー・いがらし』の前に立っていた。店先に水を撒いていた五十嵐がロクに気づいて手を止めた。

「なんだ。何か用か」

「やめてもらえませんか」

「あ？」

「黒澤先生の変な噂流すの、やめてください」

「変な噂？」

五十嵐は「さてなんのことだ」ととぼけて背を向ける。

「黒澤先生は放火なんてしてません。するわけがありません。どうして嘘つくんですか」

「嘘？　俺は見たままを言っただけだ」

五十嵐が振り返る。案の定、また酒の匂いがした。

「この界隈(かいわい)じゃ、ここんとこしょっちゅう不審火が出る。その現場にいつもあいつがいる。俺はそう言っただけだ」

「トラウマやフラッシュバックで放火はしません。黒澤先生はそんな人じゃありません」

「どうかな。何か事件があると、みんな必ず言うだろう。そんなことする人には見えなかったってな。どけ」

五十嵐はロクの足元に向けて、乱暴に水を撒いた。水滴がズボンの裾を濡らす。

「これ以上俺を怒らせない方がいいぞ。近所で噂になるくらいならいいが、インターネットの掲示板なんかに書かれたら、商売あがったりなんじゃないのか？」

不敵な笑みを浮かべる五十嵐に、ロクは言葉を失う。

「そんなことして、虚しくないんですか」

「虚しい？　今さらだろ」

『あの人、一昨年奥さんを病気で突然亡くしてから、人が変わっちゃったんだよ』

老女の言葉が脳裏に過る。大切な人を失くしたことは気の毒だと思う。けどそれは他人を傷つける理由にはならない。『フラワー・いがらし』を後にしたロクの頭は混乱していた。

「……どうしよう。なんとかしなくちゃ」

解決策が見つからないまま病院に戻ると、玄関の前で若葉が手招きをしていた。

「ロクくん、早く早く」

「すみません、遅くなりま――あっ、領収書をもらうの、忘れちゃった。僕、戻ってもらってきます」

踵を返そうとしたロクの腕を、若葉がハシッと掴んだ。

「領収書なんて後でいい。それよりすぐに家に戻って。黒澤先生が倒れたの」

「えっ……」

ドクン、と心臓が重く鳴った。

「病院のことはいいから、すぐに先生のところに行ってあげて。熱があるみたいなの」

ロクが買い物に出かけてすぐのことだった。診察しようと椅子から立ち上がった桔平は、その場に崩れ落ちたのだという。

「これ、お願いします」

ロクは買ったものを若葉に渡すと、マンションに向かって走り出した。


マンションに戻ると、桔平は寝室のベッドで眠っていた。枕元には市販の風邪薬とペットボトルの水が置かれていた。額に手を当てたロクは、その熱さに息を呑んだ。

「こんなに熱が……」

いつから具合が悪かったのだろう。今朝はどんな顔だっただろう。

思い出そうとしてハッとした。

——あれから僕、桔ちゃんの顔、ちゃんと見てない。

今朝も昨夜も昨日の朝も、桔平とふたりでご飯を食べた。おはよう、いただきます、ごちそうさま、おやすみなさい。挨拶もちゃんとした。桔平も「おう」と返事をしてくれた。けどその時の顔が思い出せない。居酒屋での一件から、ふたりの間になんとなくぎくしゃくした空気が流れていた。

——気づいてあげられなかった。毎日一緒にいたのに。

後悔と申し訳なさがごちゃませになって、ロクの心をかき乱した。

「ごめんなさい、桔ちゃん」

「ん……」

桔平が苦しそうに眉を顰めた。こんなに熱が高くては、苦しいに決まっている。

「ちょっと待っててくださいね」

ロクは足音を忍ばせて部屋を出た。熱を出した人の額に、濡れたタオルを載せる。浄玻璃にそんな光景が映し出されるのを何度か見たことがある。ロクは洗面所でタオルを濡らすと、もう一度桔平の寝室に戻った。

起こさないように、そうっと濡れタオルを載せたのだが……。

「ん……っ？　うわっ」

桔平が目を開き、ガバッと上半身を起こした。

「桔平ちゃん、目が覚めたんですね」

「ロク……帰ってたのか」

「ダメですよ、起きちゃ」

こんなに近い距離で目を合わせるのは久しぶりな気がする。なんとも思っていないと言われたのに、片思いなのに、どうしようもなく胸が高まる。

「熱があるんですから、寝ていてください」

「寝ていたいのは山々なんだが……」

桔平は額のタオルを指でつまんだ。タオルの先からポタポタと枕に水が滴る。

「お前が載せてくれたのか」

「はい。熱が高くて苦しそうだったので……ご迷惑でしたか」

おずおずと尋ねると、桔平は小さく口元を綻ばせた。

「冷たくて気持ちいいよ。ありがとな。ただもう少しきつく絞ってきてくれるか？」

「きつくですね！　わかりました！」

ロクは洗面所に向かい、タオルを力いっぱい絞ると、ダッシュで寝室に戻った。

「そんなに急がなくていい。サンキュ」

桔平がタオルを受け取ろうと手を伸ばしたが、ロクは渡さなかった。

「桔ちゃんは横になってください。僕が載せてあげます」

「自分でするからいい」

「僕がしたいんです。ほら、横になって」

桔平は「わかったよ」と苦笑しながら身体を横たえた。

絞ったタオルを額に載せると、桔平は「ああ、気持ちいい」と目を閉じた。

「熱が下がるまで、桔ちゃんは何もしなくていいです。家のことは全部僕がしますから」

「ずいぶん張り切ってるな」

桔平の役に立てるなら、桔平が喜んでくれるなら、どんなことでもする。

「何か食べたいものはありますか？」

「今はいらない」

「何か食べないと元気が出ませんよ」

「食えそうな気分になったらコンビニで何か買ってきてもらうよ。それまで少し眠る」

「わかりました。おやすみなさい」

寝室を出ると、ロクは真っ直ぐキッチンに向かった。

「コンビニなんて行きません。僕が作ってあげますよ」

熱が出た時はお粥だ。これも浄玻璃で何度か見たことがある。

「えーっと、まずはお鍋にお米を入れて、それからお水を入れて研ぐんだよね。どれくらい研げばいいんだろう。あれ、洗剤入れなくていいんだっけ」

調理を始める前に、早くも壁に当たってしまった。

「桔ちゃんに聞いてこようっと」

寝室に向かおうとして足を止めた。

「ダメダメ。桔ちゃんのために作るんだから」

確か桔平は洗剤を使っていなかったはずだ。ロクは鍋に米を入れ、その上からじゃぶじゃぶと水を注ぎ、指でくるくるとかき混ぜた。

「よし。なんかそれっぽい感じになった。あとは温めて、卵を入れたらでき上がりだ」

桔平の喜ぶ顔を想像しながら、ＩＨヒーターのスイッチを入れた。

「桔ちゃん、美味しいって言ってくれるかなあ。『ロク、お前やればできる子だったんだな』なぁんて言われちゃったりしてっ！　むふっ」

ロクは甘い妄想を巡らせる。

「桔ちゃん、大丈夫かな」

寝室を覗くと、桔平はぐっすり眠っているようだった。

すぐにキッチンに戻り、妄想する。

「『ロク、お前はお粥を作る天才だな。今まで食べたお粥の中で一番美味いぞ』……とか言われちゃったりしてっ」

ロクは両手で頬を挟んで身悶えた。そしてまたすぐに桔平の様子が気になり、寝室を覗きに行く。それを数度繰り返した。

ＩＨヒーターの上では、鍋がコトコトと美味しそうな音を立て始めている。

「桔ちゃん、早く目を覚まさないかなあ」

キッチンの床にしゃがみ込んで待つうちに、うとうとと眠りに落ちてしまった。


「おい、ロク」

「……んん」

もう起きる時間だろうか。それにしても今朝は布団が硬い。おまけにいつもとはちょっと違う匂いがする。

――焦げ臭いなあ。桔ちゃん、トースト焦がしちゃったのかな。

うっすらと目を開くと、そこはベッドではなかった。

――なんで僕、キッチンで……。

数秒後、ロクは「あっ！」と声を上げて飛び上がった。

「いつでもどこでも五秒で夢の中に行けるのか、お前は。羨（うらや）ましいやつだな」

傍らに立つ桔平が、部屋中に充満した異臭の原因・焦げた鍋を手に苦笑している。

「ごっ、ごめんなさい、僕」

「お粥を作ってくれていたのか」

「はい……でも」

よもや途中でうたた寝をしてしまうとは。自分のバカさ加減に呆れてしまう。

「お鍋を焦がしてしまいました……もう使えませんね」

「鍋はいい。ただＩＨヒーターを使っている時は寝るな。一応センサーはついているけど、万が一火事になると困るからな」

桔平の口調は穏やかだったが、ロクは「ごめんなさい」と項垂れるしかなかった。

楽しい妄想がしゅるしゅると萎（しぼ）んでいく。役に立つどころか、熱でダウンしていた桔平の手を煩わせてしまった。

「僕が洗いますから桔ちゃんはベッドに戻ってください」

せめて後片付けくらいさせてほしいと願い出ると、桔平が思いがけないことを口にした。

「腹減った」

「え？」

「ちょっと眠ったら大分身体が軽くなった。お粥、食うかな」

「でも……」

「上の方の焦げていないところは食えるだろ」

桔平はそう言って、辛うじて焦げなかった部分をレンゲでひと匙掬（さじすく）って口に運んだ。

「うん。美味い。ちゃんと柔らかく煮えてるぞ」

「ほんとですか？　焦げ臭くないですか」

「大丈夫だ」

「よかったぁ」

ロクはぱあっと破顔する。

「桔ちゃん、パジャマが汗で濡れています。着替えてから食べてください」

「そういやそうだな。ベッドの横のタンスからジャージを出してきてくれるか」

「お任せください！」

ロクは寝室に飛んでいき、タンスの中からジャージを取り出した。

「着替え、手伝わせてください」

「いい。自分でする」

「やらせてください。どんなちっちゃいことでもいいから桔ちゃんの役に立ちたいんです」

思わず零れた本音に、桔平はパジャマを脱ぎながら驚いたように振り返った。

「お前、そんなこと考えてたのか」

「だって……」

桔平には好きな人がいる。それなのにこの二週間、一度も会っている気配がないのは、自分が監視しているからに違いない。桔平の恋人になれないのは悲しいけれど、せめてこうして一緒にいられる間は、桔平のために全力を尽くしたい。

「僕がそうしたいからしてるだけです。ほら、早く着替えてください。お洗濯しますから」

笑顔で急かすロクに、桔平は何かを考え込むように「ああ」と小さく頷いた。

桔平がお粥を平らげる間、ロクは洗濯機を回し、散らかった部屋を片付け、夕食の買い出しに出かけた。何か作りますと言いたかったけれど、これ以上キッチン用品を破壊しては本末転倒なので「弁当でも買ってこい」という桔平の指示におとなしく従った。

チンするだけの夕食を済ませる頃には、桔平の体温はほぼ平熱になっていた。

「桔ちゃん、頑張りすぎですよ。神さまが『休みなさい』って言ってるんです」

ベッドに戻った桔平に、布団をかけてやる。

「神さまの言葉を代弁する閻魔」

桔平はからかうようににやりと笑ったが、すぐに真顔になった。

「半日休んじまったけど、この調子なら明日から復帰できそうだ。お前がいてくれたおかげでゆっくりと休むことができた。ありがとな、ロク」

ロクは頰を赤らめる。

「お鍋焦がしちゃったりして、かえって迷惑かけてしまって」

「鍋のひとつやふたつ、どうってことない」

「もう一回ゴシゴシやってみます。クレンザーっていうんですか？　あれで擦ったらもしかして焦げが取れるかも――あっ」

不意に腕を引かれ、ロクは布団の上にぱふっと突っ伏した。

「鍋のことは一旦忘れろ」

「……桔ちゃん？」

見上げた桔平の瞳がいつになくとろりと潤んでいる。また熱が上がってきたのだろうか。心配するロクに、桔平は思いもよらないことを口にした。

「ロク、ここに入れ」

桔平は布団の端を持ち上げた。

「え、お布団に……ですか？」

「そう。一緒に寝よう」

「一緒にって……」

戸惑うロクの手を、桔平は放そうとしない。

「嫌か」

「嫌という……わけじゃ」

「なら入れ。ほら」

「あ、ちょっと待っ、わあっ」

ぐっと強く手を引かれ、ロクはあっという間に桔平の布団に引き込まれる。驚いた拍子に尻尾と猫耳が飛び出してしまった。

「ご、ごめんなさいっ」

「いい。むしろ出したままがいい」

「き、桔ちゃん？　あの……」

意図が読めずあわあわするロクを、桔平は背中からふわりと抱きしめた。

「ちょっとだけ、じっとしててくれ……頼む」

切なげな吐息が、生えたばかりの猫耳を掠(かす)める。背中がぞわりとして、思わず身を捩(よじ)った。

「逃げるなよ……」

「逃げませんから、ちょっと、放して――」

「嫌だ。放さない」

駄々っ子のように、桔平はロクを抱く腕に力を籠める。

「お前が何も話してくれないから、心労で熱が出た」

「嘘ばっかり」

「嘘じゃない。あの時『話したくないなら話さなくていい』なんて言ったこと、めちゃくちゃ後悔している」

すん、と髪の匂いを嗅ぐ仕草は、十九年前とまるで同じだけれど、大人になった桔平とこんなに身体を密着させるのは初めてだ。桔平のTシャツに潜り込んだ夏の日が、汗の匂いを連れて脳裏を過る。戸惑いを押しのけて湧き上がってくる思い出の光景に、ロクの鼓動はトクトクと速まる。

「う、嘘はいけません。舌、抜きますよ」

肩越しに睨んでみたけれど、背後の桔平から嘘のオーラは微塵も感じられなかった。

「だから嘘じゃないって。お前が目を合わせてくれなくなって、俺は……落ち込んだ」

拗ねたみたいな口調に、ロクは思わず噴き出しそうになる。

「桔ちゃん、子供みたいです」

「さっき眠っている時、子供の頃の夢を見ていた」

「……え」

「熱のせいかな、ぼんやりと靄がかかっていた。目が覚めた途端全部忘れちまって、何も思い出せない。けど……すごく幸せな夢だった気がする」

「そう……ですか」

「こうやってお前と一緒にいると、夢の続きを見ているみたいな気がする。なんだかすごく懐かしい気分になるんだ」

——桔ちゃん……。

何が正解なのか、どう答えるのが正しいのか、わからなくなる。

気づいた時には泣きそうな声で、「僕も」と答えていた。

「僕も桔ちゃんとこうしていると、とっても懐かしい気持ちになります。不思議ですね」

「そうだな。不思議だな」

桔平はロクの髪に頬を摺り寄せながら、ふたりの間に挟まれた尻尾に手を伸ばした。

「あっ……」

さわりと毛を逆立てられ、ビクンと身体が竦んだ。

「尻尾を触ると、子供に戻ったみたいな気分になる」

「あ、あんまり、弄らないでください」

「気持ち悪いか？」

「気持ち悪くは……ないですけど」

むしろその逆だ。自分でも知らなかったけれど、どうやら猫耳と尻尾はひどく敏感な場所らしい。桔平の手が軽く触れただけで、この間風呂場で感じたような、下腹が熱くなるような感覚が襲ってくる。

「ロクの身体、俺より熱いぞ。こうすると心臓の音が伝わってくる……」

ぎゅうっと抱きしめられ、ロクの鼓動はトクトクトクトク、速まるばかりだ。

「閻魔ってこんなに心拍が速いのか。ハムスターみたいだな」

桔平はクスクス笑いながら楽しそうに尻尾を弄ぶ。そんなわけないとわかっているくせに、意地悪な悪戯をやめようとしない。

「き、桔ちゃんが、触るから、ああっ……やめ、て……」

触られているのは尻尾なのに、なぜか腹の奥が熱くなり、背筋がぞくぞくする。

「こ、これ以上はダメです」

「どうして。こうしてお前の尻尾を触ってたら、熟睡できそうなのに」

ロクの髪を撫で、尻尾を弄り、桔平は眠そうに欠伸をした。

「そんなこと言われても、困ります」

「だからどうして」

「と、とにかく困るんです」

「なんだよ。意地の悪いこと言うなよ」

——意地悪は桔ちゃんです。

なぜ困るのかを口で説明するのは難しい。弱り果てたロクは、力ずくで布団から抜け出そうとしたのだが、桔平の長い腕に搦め取られてしまった。

「つれないなあ」

「は、放して、くださいっ」

——このままじゃ気づかれちゃうよ。

必死に身体を捩った瞬間、とうとう桔平の手が硬くなったロクのそこに触れてしまった。

桔平が反射的に手を引く。ロクは半べそをかきながら背中を丸めた。

「だからやめてって言ったんです。この間、お風呂で身体を洗っていただいた時に、初めてこうなって……あの時はすぐに収まったんですけど」

その後も、例えば風呂上がりの半裸姿、診察中の真剣な眼差し、缶ビールを手にくつろいでいる時の横顔など、ふと目に入った桔平の姿にドキドキし、次第に下半身が熱くなるようになってしまったのだ。

「なぜこうなるのかさっぱりわからなくて……本当に困りました。病気でしょうか」

もし病気だとしたら、人間の病院に行くべきなのだろうか。それともその前に、閻魔大王に気づかれて地獄に呼び戻されてしまうだろうか。勇気を振り絞って尋ねたのに、桔平はなんとも気の抜けた表情で眉をハの字にした。

「ええと、お前は確か、自称二十歳だったたな」

「自称ではありません。れっきとした二十歳です」

「だったらわかるだろ。溜まったら抜け」

「……タ、マッタ、ラヌケ？」

ロクはきょとんと首を傾げる。

「えっと、それはこの状況を打開する呪文のようなものでしょうか？」

「呪……」

桔平は何か答えようと口を開いたが、結局こめかみを指で押さえて黙ってしまった。このピンチをなんとか理解してほしくて、ロクは身体を反転させた。

「こうしている間にも、ここ、どんどん熱くなってきちゃっているんです。ほら」

変化したそこへ手を導くと、桔平は「お、おいっ」と目を瞠った。

「ああ、ダメです。桔ちゃんに触られると余計にじんじんします。どうしよう……」

泣きたいくらい不安なのに、桔平の声は非情なほど冷静だ。

「まさかとは思うが、お前、自分でしたことないのか」

「自分で、する？　何をでしょう」

意味がわからず困惑するロクに、桔平は「やっぱりか」とため息をついた。

「もしこの症状が治る呪文をご存じなら、お願いです、ぜひ教えてください」

「俺にどうにかしろと？」

「だって桔ちゃんが尻尾に触ったからこうなったんですよ。触らないでって言ったのに」

向かい合わせになってしまったのがいけなかった。桔平の胸元から立ち昇る男っぽい匂いを吸い込んだら、下半身のうずうずが余計にひどくなってしまった。

「全部桔ちゃんのせいです。桔ちゃんがなんとかしてください」

言いがかりをつけながら、目の前の厚い胸に顔を埋める。桔平はしばらく思案顔で天井を見つめていたが、やがて意を決したように懐のロクを見下ろした。

「ひとつだけ確認しておきたい。お前のそこが困ったことになるのは、俺限定なんだな？他の男……例えば野口先生のことを考えても、そうはならないんだな？」

「なりません。僕を辛くするのは桔ちゃんだけです」

恨みがましさいっぱいに睨み上げた。桔平は諦めと困惑の入り交ざったような顔で「わかったよ」と頷いた。

「今楽にしてやる。その代わり、俺が何をしても逃げるなよ？」

「わかりました」

こくんと頷くと、桔平は掛布団を剥いで起き上がった。

「ズボン脱いで座れ」

「やっぱり……脱ぐんですね」

「脱がなきゃ触れないだろ」

ロクは恥ずかしさをこらえ、おずおずとズボンを脱いだ。風呂場から全裸で飛び出しても恥ずかしくなどなかったのに、ベッドの上で下半身だけを露わにすると、とてつもない羞恥心に襲われる。頬の火照りと連動するように、そこも一層じんじん熱を帯びていく。

「そこに座れ」

命令されるままベッドの端に腰を下ろすと、背中からふわりと抱きしめられた。

「ロク……」

吐息混じりに呼ばれ、背筋がぞくぞくする。桔平はロクの両脚を開き、右脚、左脚と順に自分の太腿の上に乗せた。硬く熱を持ったそこが露わになると、背後でゴクリと唾を呑む音がした。同時に長い腕が伸びてきて、ロクの中心を握り込んだ。

「本当だ。熱いな」

「桔ちゃ、あっ……あっ」

布越しに触れられるのとは比べものにならない刺激に、ロクはびくんと腰を浮かせた。

桔平は無言のまま、手のひらの中のロクをゆるゆると優しく上下に扱く。

「あ……ぁぁ……っ」

下腹の奥がずんと重くなる。あの夜風呂場で感じたのと同じ感覚だけれど、今日のそれは桁外れに強烈だった。

「あ……あっ、んっ……」

桔平の指が猛ったそこにいやらしく絡みつく。先端の敏感な割れ目から透明な体液が漏れ出しているのを見て、ロクはハッとした。

「きっ、桔ちゃん、どうしよう、ごめんなさい。ぼ、僕、お漏らしを」

恥ずかしすぎて眦を濡らすロクに、桔平が囁いた。

「漏らしたんじゃないから気にするな」

「で、でも」

一体自分の身体に今、何が起きているのだろう。怖くて、切なくて、早くどうにかしてほしくて、わけもなくぐずぐずと泣きたくなるのだけれど。

「気持ちいいか？」

湿った声で問われ、ロクはこくんと頷いた。

涙が滲むのは、気持ちがいいからだ。もっといっぱい触れてほしい。強く握って、擦って、もっともっといやらしく刺激してほしい。

「どうしてほしいか言ってみろよ、ロク」

「……もっと」

「もっと?」

「もっと……もっとぎゅっと、強く、いっぱい、擦ってほしいです」

もう感情を取り繕う余裕はなかった。素直な欲望を口にすると、桔平は「ったく」と小さなため息をつきながら、ロクの願いを叶えてくれた。

「あぁぁ……んっ、はっ……」

先端から溢れた体液を、くちゅくちゅと幹に塗りつけられると、腰の奥から熱い何かがせり上がってくるような気がした。

「き、桔ちゃん、ダ、ダメ、です」

「どうして。気持ちいいんだろ?」

「違うんです。今度こそほんとに、も、漏れちゃいそう……ああ、あっ」

息も絶え絶えに訴えたのに、桔平はやめるどころか余計に激しくロクを擦りたてた。

「あぁ……んっ、やぁっ……桔ちゃん……」

「ロク、お前、本当は閻魔じゃなくて淫魔(いんま)だろ」

「ちっ、違っ……あぁ……」

「エロい声……」

「もう、ダメ……ほんとにダメです……出ちゃい、そっ……」

これ以上されたら本当に粗相をしてしまう。桔平の手を掴んだが、間に合わなかった。

「出せよ」

低く湿った声で囁かれた瞬間、決壊した。

「あぁぁっ、出ちゃっ、ひっ――アッ！」

目蓋の裏が白む。

「……あぁぁ……っ……」

指の先まで硬直させ、ロクは激しく達した。

「……いっぱい出たな」

桔平の囁きに恐る恐る目を開く。飛び込んできたのは衝撃的な光景だった。

「こ、これはっ」

白濁した体液で、桔平の右手が汚れていた。

「ご、ごめんなさい、僕」

桔平は「謝らなくていい」というように、汚れていない左の手でロクの髪を優しく撫でてくれた。

「桔ちゃん、あの、これはもしかして……」

「精液だ。お前の」

――やっぱり。

達した瞬間なんとなくそんな気がした。もしかしてこれは、いわゆる性的な行為なのではないかと。

「だったらやっぱり謝らなくちゃいけません」

「どうして」

「こういったことは、愛し合うふたりにだけ許された行為だからです」

桔平には好きな人がいるというのに、自分の無知のせいで、とんでもないことを頼んでしまった。

「気づかなかったとはいえ、嫌な思いをさせてしまいました。好きでもない相手にこんなことをさせてしまって、本当にすみませんでした」

「俺は……」

桔平は何か言いかけたが、ひどく複雑な表情で語尾を呑み込んだ。

「僕が無理強いしたんです。桔ちゃんは悪くありませんから」

必死に訴えたが、桔平は何も答えず、黙って汚れた下半身の始末をしてくれた。

「そんなことより、気持ちよかったか」

「……はい」

「だったらよかった。次もまた手伝ってやる」

「とんでもない」

ロクはぶるぶると頭を振った。

「これからはちゃんと自分でします。桔ちゃんの手を煩わせることは――」

「煩わされたかどうかは、俺が決めることだ」

強い口調で言うと、桔平は丸めたティッシュを握って立ち上がった。

「便所行ってくる」

部屋を出ていく桔平の背中を見つめ、ロクはふうっと大きなため息をついた。

行為の意味は浄玻璃を通じて朧げに知っていたけれど、まさか桔平の手でしてもらえるなんて、想像もしていなかった。

「まだドキドキしてる」

ロクは胸に手を当て、そっと目を閉じた。恥ずかしくて、ちょっと怖かったけれど、とてつもなく幸せな時間だった。次も手伝ってやると言ってくれたけど、きっと優しさから出た言葉だ。本気にしてはいけない。

「好きな人がいるのに、もうこんなことさせられない」

――これが最初で最後の幸せ。

そう思ったら、胸の奥に重苦しい痛みを覚えた。

「現世に来て、今日で十六日目か……」

ふと壁のカレンダーを見上げた。気のせいか、地獄にいる時より時間の流れが速い気がする。閻魔大王に送り出された時は「ひと月もある」と思っていたけれど、もう約束の半分を過ぎてしまっている。

ぼやぼやしていると、あっという間に地獄に戻る日が来てしまう。現世にいる間に、なんとしても桔平の汚名を晴らしたい。

動物を救うためなら自分の命すら放り出す。発熱に気づかないほど診療に没頭する。

そんな桔平が悪者にされそうになっている。絶対に放ってはおけない。

「明日から僕の使命は、桔ちゃんが放火犯なんかじゃないって、証明することだ」

桔平は自分が守る。幸せの余韻の中で、ロクは心に誓った。

翌日の夜から、ロクは住宅街の巡回を始めた。本当は五十嵐のもとへ出向いて「嘘の噂を広めるようなことはやめてほしい」ともう一度直談判(じかだんぱん)したいところだが、素直に聞き入れてもらえるわけがない。下手をすれば事態はますます悪い方向に向かってしまう。

どうしたらいいのか。自分に何ができるのか。いろいろと考えた末、真犯人を捕まえることが一番だという結論に辿(たど)り着いた。放火犯が捕まって、街に平穏が戻ればみんな安心する。桔平を疑っていた人たちも、五十嵐の流した噂が嘘だったとわかってくれるだろう。

桔平には「体力をつけるために夜にジョギングをする」と嘘をついた。深夜に出かけるロクに桔平は「朝にしたらどうだ」と眉を顰めたが、「人がいない道を走りたいんです」と嘘を重ねた。イエローカードは日に日に積み上がり、もう数えきれないほどの枚数になってしまったが、そんなことに構ってはいられなかった。

最初の四日間は、ただあてもなく住宅街をうろうろ歩き回った。四日目の夜、二丁目で不審火があり、五日目と六日目はその現場の近くを巡回したが、犯人らしき人物と遭遇することはなかった。

「今日で一週間か。ただ歩いてるだけじゃなあ……」

その夜桔平は、夜間診療のため病院に泊まり込んでいた。熱を出そうが倒れようが、決して仕事の手を緩めようとしない桔平を、心配することしかロクにはできない。

「何か手がかりはないかなあ」

対峙(たいじ)さえすれば、真犯人なのかそうでないのか見極める自信はある。けれどこうしてうろうろと歩き回っているだけで放火犯と出会える可能性は高くはないだろう。

「時間ないのになあ……」

歩き疲れて公園のベンチに腰を下ろすと、植え込みから「みゃあ」と小さな声がした。

「……猫？」

こんな時間にこんなところにいるのだから、おそらく野良だろう。

「おいで。こっちに出ておいで」

猫を探そうと植え込みにしゃがみ込んだその時、誰かが近づいてくる足音がした。

「このあたりでしょうかね」

「ああ。情報では大学生くらいの若い男っていう話だ」

「深夜に住宅街をうろうろするって、かなり怪しいですね」

「しかもこのところ毎晩だっていうからな。俺はそいつがホンボシだと思っている」

――警察……？

植え込みの中で、ロクは身を硬くする。

「主任はあの噂、どう思いますか」

「どの現場でも動物病院の先生が目撃されているって噂か」

「はい」

「写真に写っているのが確認されているのは一丁目と三丁目の現場だけだが」

足音が近くなる。サーチライトの光がロクの足元を照らした。

「万が一次があって、そこに現れたら、職質かけてみようとは思っている」

「そうですね」

「今夜は蒸すな。熱帯夜かな」

「勘弁してほしいですね」

足音が遠ざかっていく。ライトの光が見えなくなるのを待って、ロクは立ち上がった。

「お前、もしかして僕を助けてくれたの？」

ロクは茂みの隅でこちらを見ている野良猫に問いかけた。白黒のハチワレだ。

「きみが鳴かなかったら僕、絶対にあのお巡りさんたちに怪しまれてたよ」

ロクは「ありがとう」と手を差し出した。ハチワレ猫はぷいっと尻を向けたが、態度とは裏腹にその身体からは友好のオーラが漂っていた。

（あいつを助けてくれた礼だ）

「あいつって……もしかして、ぶぅ太？」

そういえばこの公園は、アツシがいつもぶぅ太と遊んでいると言っていた公園だ。ハチワレ猫は肩越しに一瞬ロクを振り返ると、そのまま歩道の方へ歩き出した。

「え、ちょっと待って、どこに行くの？」

黙ってついてこいと、その背中が言っている。どこへ向かうのかわからないまま、ロクはハチワレ猫の後を小走りに追いかけた。

一軒の民家の前で猫が立ち止まる。まるで（ここだ）と知らせるようにロクを見つめ、そのままどこかへいなくなってしまった。

「この家が……どうかしたのかな」

首を傾げていると、塀と家屋の間からごそりと物音がした。

「誰……」

思わず声を上げた次の瞬間、塀の向こうから男がひとり、勢いよく飛び出してきた。

「うわっ」

ドンと突き飛ばされ、ロクは道路に尻餅をつく。男が暗闇に向かって走り出したその一瞬、覚えのある臭いが鼻を掠めた。

――これ、灯油の臭い……。

「待て！」

ロクは弾かれたように駆け出す。男の影を追い、夜の住宅街を無我夢中で走った。

――絶対に逃がすもんか！

この手で真犯人を捕まえる。大好きな人を守る。その思いがロクを奮い立たせた。

「待てよ！」

叫んでも男は振り向かない。足を止めない。それこそが彼が真犯人だという証拠だ。

「待てって言ってるだろ！」

どれくらい走っただろう。ロクはついに男の肩に手をかけた。思い切り引っ張ると、男は観念したのかようやく足を止めた。はあ、はあ、とふたりの荒い息が夜の闇に響く。

「あそこで、何してたんですか」

くるりと振り返ったのは、ロクと同じ年ごろの若い男だった。

「かくれんぼ」

ふてぶてしく嘘をつく男の身体からは、やはり灯油の臭いがした。そしてそれをかき消してしまうほど強烈な〝罪の気〟を感じる。その強さと悪質さは五十嵐の比ではなかった。

——間違いない。この人が放火犯だ。

ロクは確信した。

「嘘はいけません。舌、抜きますよ」

ピシッと人差し指を向けると、男は「はあ？」と眉根を寄せた。

「今、舌抜くって言った？」

「嘘をつくと舌を抜かれるって、教わりませんでしたか？」

真顔で睨みつけるロクの前で、男は「あははは」と笑い出した。

「ウケル。マジウケル」

「僕は真剣です。一緒に警察に行きましょう」

「やだ」

「今からでも遅くありません。自首してください」

「きみさあ、バカなの？　タリナイ子なのかな？」

にこにこと首を傾げながら、男はロクの首に手をかけた。

「な、何するんですかっ——うぐっ」

男の指が首に食い込む。

「何されるかわからないの？　やっぱりアタマワルイんだね」

「うぅ……ぐうぅ……」

「閻魔みたいなこと言うから、閻魔のところに送ってあげるよ。ああ、でもきみ、いい子ちゃんみたいだから、天国に行っちゃうかな？」

男は不気味な声でくくっと笑う。

――僕は、まだ行けない。地獄にも天国にも。

まだ桔平を救っていない。この男を警察に突き出すまでは死ねない。じりじりと食い込んでくる男の指を、必死に剝がそうとしたが、次第に頭が回らなくなってくる。目の前が暗くなり、全身から力が抜けていく。

――ダメ……かも。

意識が途切れる手前で、ロクの身体はどさっと地面に落ちた。

「大丈夫か、ロク！」

すーっと視界が戻ってくる。喉の痛みに顔を歪めるロクを抱き起こしてくれたのは、桔平だった。すかさず走り出した男の後を、別の誰かが追いかけていくのが見えた。

「怪我(けが)はないか？　喉、潰(つぶ)れてないか？」

「大丈夫です」

ガラガラ声だが、辛うじて返事をすることができた。

「桔ちゃん……どうしてここに」

「猫に呼ばれた」

「猫？」

「詳しいことは後だ。まずは野口先生の加勢に行ってくる。お前はここで待ってろ」

いいな、と言い残し、桔平は男の逃げた方向へ走っていった。男を追っていったのは野口だったらしい。ロクはよろよろと立ち上がる。

「猫って……もしかして」

みゃあ、と斜め後ろから声がした。振り返ると住宅の塀の上に、あのハチワレ猫がいた。

「やっぱりきみだったんだね」

「なおぅん」

「放火犯、きっと桔ちゃんたちが捕まえてくれるよ。本当にありがとう——あっ、待って」

ハチワレ猫は塀の向こうに消えてしまった。

「ありがとう、ハチワレくん」

暗闇に向かって礼を告げると、パトカーのサイレンが聞こえてきた。

桔平が駆けつけた時、男は野口の手によって取り押さえられていた。ふたりはほどなくやってきた警察官に男を引き渡した。ロクが最初に男を見つけた場所からは、灯油の染み込んだ新聞紙とライターが見つかった。手と袖に灯油が付着していたことから、警察は頻発している不審火の重要参考人として男の身柄を拘束した。事情聴取のある野口を警察に残し、桔平とロクはひと足先に『くろさわ動物病院』に戻った。

桔平によると、猫はやはりあのハチワレだった。飼い主に連れられることなく〝一匹〟で夜間診療にやってきたのだという。こっちに来いとばかりに激しく鳴きながら、桔平のズボンの裾を噛んで引っ張ったという。

「あんまりしつこいから、お前に何かあったんだと思った。飛んできてよかった」

「ハチワレくん、お手柄でしたね」

これで桔平が犯人じゃないとわかってもらえる。噂はすぐに消えるだろう。

「犯人が捕まって、本当によかったです」

安堵(あんど)で頬を緩ませるロクを、桔平は乱暴に抱き寄せた。

「ちっともよくないだろ。ひとりで犯人を追いかけるなんて、何考えてんだ、バカ野郎」

「でも僕、大丈夫でしたよ?」

「一歩間違えたら殺されてたんだぞ。危ないことはしないでくれ……頼むから」

いつになく弱々しい声だった。ぎゅうっと強く抱きしめられ、こんな時なのにロクはうっとりしてしまう。

「心配性ですね、桔ちゃん」

「誰がそうさせたと思ってる」

世界で一番大好きな匂いがする。こうして桔平の匂いに包まれていると、今さっき嗅いだ灯油の臭いも、浴びた罪の気も、すべてきれいに洗い流されていく気がする。

「ロク」

「……はい」

「お前は閻魔に向いていない。ずっとこっちにいろよ」

――桔ちゃん……。

はい、とひと言答えられたらどんなにいいだろう。何より嬉しい言葉をもらったのに、心に満ちていくのは悲しみだった。

「それは……無理です」

「好きなんだ。お前のことが。このままずっと一緒に暮らそう」

「……好き？」

まさかと視線を上げると、いつも真っ直ぐな桔平の視線が頼りなく揺れていた。

「好きって……どういうことですか」

「好きは好きだ。恋だ」

「でも桔ちゃん、他に好きな人がいたんじゃ……」

修子との会話を聞いていたことを打ち明けると、桔平は呆れたように嘆息した。

「あれはお前のことだ」

「嘘……」

「嘘かどうか、確かめてみたらいい」

少し身体を離し、じっと見つめてみたが、桔平の身体から嘘の気配は感じ取れなかった。

「嘘じゃないってわかったか」

「はい……あっ――んっ……」

覆いかぶさるように唇を塞がれた。キスをされたのだと頭が理解するまで、少し時間がかかった。唇の隙間から滑り込んできた舌が、歯列を割って奥へと侵入してくる。ぬるぬると、誘うように舌を搦め取られ、背中がぞくりとした。

――キス……してる、桔ちゃんと。

黒猫時代にされた、戯れのキスではない。本物の、大人のキスだ。

桔平が自分を好きだと言ってくれた。このまま一緒に暮らそうと誘ってくれた。それだけではなくキスまで……。頭の中が全部花畑になってしまうほどの喜びはしかし、瞬きする間に溶けて消える。春の雪のように、ほんの一瞬で。

「ごめんなさい……ダメなんです」

「どうして」

「帰らなきゃならないんです」

「俺が大王に直談判する」

「無理です。実はこちらにいられるのは、あと一週間なんです」

「なっ……」

その時の桔平の表情を、ロクは生涯忘れることはないだろう。

大きく瞠った両目に浮かんでいるのは、ショックと絶望の色だった。

「ひと月経ったら戻るという約束だったんです」

「最初から……そのつもりだったのか」

声が震えている。

「ひと月経ったら、あっちに帰るつもりだったのか。俺には何も教えずに、あんなことまでさせておいて、期限が来たら『はい、さよなら』って俺の前からいなくなるつもりだったのか」

「そんなっ」

「そういうことだろ！」

桔平はロクに背を向け、拳を壁にぶつけた。ゴツンという鈍い音が夜の診察室に響く。

ロクは唇を噛みしめて俯いた。

「僕だって……」

帰りたくなんかない。このままずっと現世にいたい。

けれどこの身体は仮の姿だ。桔平がどんなに望んでくれても、あと一週間で地獄に帰らなくてはならない。

「俺は諦めないからな。黒猫閻魔のロク——本当の自分に戻らなくてはならないのだ。

泣き出しそうなその顔に、十歳の桔平が重なる。お前は誰にも渡さない。どこへもやらない。絶対に帰さない」

と、涙の雫がぽろりと零れた。見ていられなくてぎゅっと目を閉じる

「俺は——」

「黒澤先生、ただ今戻りました」

振り返ると、バックスペースのカーテンから野口が顔を覗かせていた。

「お疲れさまでした」

にっこりと笑う野口に、桔平も「そっちこそお疲れさま」と答えた。

「待合室に木村リリアンちゃんが来ています。夕方から三回吐いたそうです」

「わかった。すぐ準備しよう」

ふたりが着替えを始めるのを見て、ロクは診察室を出た。

先に帰ろうとバックヤードを歩いていると、「ロクくん」と野口に呼ばれた。

「参ったな……ちゃんと告白する前に振られちゃった」

「……え」

「俺も好きなんだ、きみのこと。でも黒澤先生に先を越されちゃったみたい」

居酒屋のトイレでの一件で気づいた。野口が自分に向けてくれる視線や好意の意味に。

「僕は……」

「わかってる。あと一週間で帰らなくちゃいけないんだよね、実家に」

どこから聞いていたのだろう。「帰る」の意味を野口は「実家に」と勘違いしてくれたらしい。

「大学生なんだし、仕方がないことだもんね。それに仮にきみがずっとここで働いてくれるとしても、俺には勝ち目、ないみたいだから」

「……え」

「好きなんでしょ？　黒澤先生のこと」

野口は優しい笑みを浮かべた。

「実は先週、俺、一丁目の小料理屋に晩ご飯食べに行ったんだ。そしたらカウンターで泥酔している男の人がいてね。……花屋の五十嵐さんだった」

ロクはハッと顔を上げた。

「黒澤先生のことずいぶん逆恨みしてるみたいで、女将(おかみ)相手にあることないこと言ってたよ。黒澤先生が放火なんて、先生を知ってる人が聞いたら『は？　何それ？』って笑っちゃうよね。でもそれでわかったんだ。きみが夜にジョギングを始めた理由。ロクくん、真犯人を見つけたかったんだよね。噂がでたらめだと証明するために」

ロクは俯いたまま、小さく頷いた。

「ますます惚れちゃった。でも同時に失恋確定だと悟った」

「野口先生……」

一度止まった涙が、また溢れそうになる。

「そんな顔しないの。ロクくんは笑顔が可愛いんだから」

野口がそんなことを言うものだから、顔がぐしゃりと歪んでしまった。

「五十嵐さんは奥さんを亡くされてから、心が不安定になっているんだね。可哀そうだとは思うけれど、だからといって正しいことをした人を攻撃していい理由にはならない。黒澤先生は放火なんかしない。女将もわかっていて、五十嵐さんは当分出入り禁止にするって言っていた。真犯人も捕まったことだし、もう安心していいよ」

「野口先生……」

涙がほろりと頬を伝った。

「ほら、泣かないで。きみを泣かせたりしたら、黒澤先生に殺されちゃう」

「だって野口先生、優しすぎます……いい人すぎます」

ロクはぐすんと洟を啜る。

「ロクくんに、ひとつ教えてあげる。『優しい』や『いい人』は誉め言葉じゃないからね」

「そうなんですか」

きょとんとするロクの涙を、野口が指で拭ってくれた。

「きみと一緒にいる時、黒澤先生、すごく人間らしい表情になるんだ。まるで大好きな動物と戯れている時みたいにね。恋のバトルには負けちゃったけど、俺は黒澤先生を尊敬している。幸せになってほしいと思ってる。だから大学を卒業したら、また先生と一緒に暮らしてあげてほしいんだ」

「…………」

頷くことも返事をすることもできず、ロクはひたすら洟を啜り上げた。

「ごめん。余計なお世話だよね」

「そんなこと……」

ふるんと首を振ったところで、「野口先生、準備はできましたか」と桔平の声がした。

「はい、今行きます。じゃあね、ロクくん。また明日」

野口はポケットからティッシュを取り出しロクに握らせると、小走りに診察室へと入っていった。

洟をかみながらのろのろと待合室に出る。リリアンと飼い主はすでに診察室に入っていて、そこには人も動物もいなかった。昼間が賑やかなだけに、無音の待合室をことさら心寂しく感じてしまう。

ロクはとぼとぼとひとり家路に就いた。こんなに蒸し暑い夜なのに、心が寒い。

「あと一週間……」

自分で口にしておいて、その事実に今さらのように打ちのめされた。

現世に来て、地獄より時間の流れが速いと感じた。実際に速さが違うのだろうと思っていたけれど、多分そうじゃない。一日が終わるのが速いのは楽しいからだ。来る日も来る日も罪人を裁き、どの地獄に送るのかを決める日々に楽しみなどなかった。番人としての自負はあったし、早く一人前になりたいとも思っていたけれど、心躍るような出来事はなかった。

桔平と出会い、こちらの世界に来て、ロクの暮らしは劇的に変わった。地獄とは比べものにならないほど毎日が楽しい。孤独な黒猫だった時代よりもずっとずっと幸せだ。桔平との何気ない会話、触れ合い、そして病院のスタッフとの楽しいおしゃべり——取るに足りない日常のすべてが、ロクに幸せをくれた。

「……帰りたくないな」

夜道を歩いていたら、涙と一緒に本音が零れ落ちた。このまま現世で桔平と一緒に暮らしたい。その思いは、恐ろしい勢いで膨れ上がっていく。

片思いだと思っていた。桔平があの頃の記憶を取り戻すことはないし、仮に思い出したとしても自分を恋愛の対象として見ることはないだろうと思っていた。だからひと月だけ傍にいることができたら、思い出を胸にしまって地獄に帰るつもりだった。

けれど「好きだ」と言われた。

記憶は戻らないままだけれど、今のロクを「好きだ」と言ってくれたのだ。

「僕も好き……桔ちゃんが好き……大好き」

帰りたくない。心の底からそう思った。

「どうしたらいいんだろう」

大王に直談判すると桔平は言うけれど、人間である桔平が大王に会うには、もう一度命を落としかけるしかない。

――そんなこと、させられるわけないよ。

期限のひと月は、こうしている間にもどんどん迫ってくる。

「どうしたらいいんだろう……」

コンビニの入り口に、「新発売！　クリームチーズアイス」と書かれた幟が立っている。

イートインコーナーで野口にアイスをご馳走になってから、もう三週間近く経ったなんて。

「昨日のことみたいなのに……」

ひと月〝も〟一緒にいられると思っていた。けれど恋をするにはひと月はあまりにも短すぎる。今頃になって気づくなんて。

ロクは踵を返した。

このまま桔平のいない部屋に帰っても眠れるはずがない。病院に戻って、まずは「僕も桔ちゃんが好きです」と伝えよう。そしてどうしたらこのまま現世に残れるか、ふたりで考えよう。心に決め、ロクは走り出した。

いいアイデアが浮かぶとは限らない。浮かんだとしても望んだ通りの結果にはならないかもしれない。十九年前の記憶が戻れば「父親を殺した黒猫」として憎しみを向けられるかもしれない。それでもこのまま何もせずに永遠の別れを迎えるよりずっとマシだ。

病院に戻ったロクは、息を整えながらスタッフ用の出入り口に向かう。すると駐車場の方から話し声が聞こえた。

「お母さん、その話、本当なの？」

「マロンくんママ情報だから、多分本当だと思う。マロンくんママ、次から病院を変えるって言ってたわ」

母子らしい女性のふたり連れが、車の前で話をしている。娘らしき女性は小型犬を抱いている。

――リリアンちゃん、診察が終わったんだ。

マロンくんというのは先週、ビー玉を誤飲して桔平に処置をしてもらったスピッツだ。挨拶をしようとして、ロクは足を止めた。

「私は信じないからね」

「お母さんだって信じたくないわよ」

「そもそも黒澤先生が子供の頃に火事でお父さんを亡くしてるっていう話は本当なの？」

「マロンくんママも信じられなくて、十九年前の新聞を調べたんだって。そしたら確かにそういう記事があったって」

「でもその火事を出したのが、当時小学生だった先生だっていうのは、ただの噂でしょ？」

「マロンくんママが言うには、亡くなった父親ってのはアルコール依存症だったらしくてね、火事の原因は煙草の火の不始末ってことで片付けられたんだけど、いろいろと不可解なことの多い火事だったらしいのよ」

「不可解なこと？」

「先生のご両親は火事の一年前に離婚して、先生は母親に引き取られて隣町に引っ越していったんだって。なのにその日、なぜか先生は父親の家にいたの。そして父親が火の中にいるっていうのに、泣きもせず助けを求めもせず、ただぼーっと立っていたんだって」

「そんな昔の話、マロンくんママ、一体誰から聞いたの？」

「いつもお花を買ってる、商店街のお花屋さんだって。きっと酒乱の父親から暴力でも受けていて、耐えられなくなって自宅に火をつけたんじゃないかって、お花屋さんが言っていたそうよ」

「だから今度の不審火も、黒澤先生が怪しいって言うの？　先生がそんなことする人に見える？　ひどいよ、お母さん。私は信じないから。病院変えるのは反対。だってリリアンは、生まれた時からずっと黒澤先生に診（み）てもらっているんだよ？」

母子の会話を身じろぎもせずに聞いていたロクは、思わずふたりの前に飛び出した。

「僕もそう思います！」

「ロクくん！」

娘は驚いたように目を見開き、母親はバツが悪そうに視線を逸らした。

「すみません、お話が聞こえてしまって。僕が言うのもアレなんですが、黒澤先生は、素晴らしい先生です。本当に動物が大好きで、この間だって茶々丸くんを助けようとして車に撥（は）ねられちゃって……死にかけたっていうのに、診療……休みもしないで」

声を詰まらせるロクの手を、娘が握った。

「ロクくん、ごめん。ほんとにごめん。お母さんがひどいこと言っちゃって。リリアンの飼い主は私だから。病院は変えない。変な噂も信じないから」

彼女の言葉に嘘はない。そう思いたいのに、なぜか信じることができなかった。

神経を研ぎ澄まそうとしても上手くいかない。嘘なのか本当なのかわからない。泣きすぎたせいで、閻魔としての感覚が一時的に麻痺（まひ）してしまったのかもしれない。

「……ありがとうございます」

頭を下げると、母親が「帰るわよ」と娘を促した。走り去る車の音が聞こえなくなるまで、ロクは足元の地面を見つめていた。

「こんなことって……」

数分前、桔平はきっといつものように、愛情たっぷりにリリアンを診察したはずだ。どんなに疲れていても、辛いことがあっても、決して手を抜かない。そういう獣医師だ。

それなのにみんな、なぜ噂話を信じてしまうのだろう。マロンの飼い主に至っては、病院を変えるとまで言っている。

「みんな……みんな、桔ちゃんに治してもらったくせにっ」

今夜、やっと放火犯を捕まえた。これで桔平の名誉を守ることができたと思ったのに、束の間の安堵をあざ笑うように、今度は十九年前の火事の噂話が流れている。おそらく五十嵐はマロンのかかりつけが『くろさわ動物病院』だと知って、噂を聞かせるターゲットに選んだのだろう。

「……桔ちゃんのお父さんを死なせたのは、この僕なのに」

五十嵐の卑劣さが許せなかった。噂を簡単に信じ込み、他の飼い主に話すマロンの飼い主も許せない。桔平の素早い処置がなかったら、マロンは命を落としていたかもしれなかったのに。

「みんな、ひどいよ……ちくしょう……っ」

悔しくて悲しくて腹立たしくて、拳が震えた。

「どんなことをしても、僕が桔ちゃんを守る。絶対に守るっ」

涙で霞む夜空を見上げ、ロクはふたたび強く誓った。


呆然としたまま家に戻り布団に入った。

まんじりともしない夜が明けた頃、桔平が戻ってきた。

「ロク」

枕元で小さく呼ばれ、ロクはうっすらと目を開けた。

「ただいま」

「……お帰りなさい」

「言い忘れていたけど、今日は昼から学会なんだ。少し休んだら出かける」

「わかりました」

「朝飯食って、遅刻しないで病院に行けよ」

はい、と頷くと、桔平は腰を屈め、額にキスをしてくれた。

「なるべく早く帰ってくるから、今夜、これからのことちゃんと話し合おう」

「…………」

「俺はやっぱりお前を諦めたくない。諦められない」

「……桔ちゃん」

「なんだ」

「イエローカードって、何枚で退場ですか？」

唐突な質問に、桔平は「一体なんの夢見てたんだ」と口元を緩めた。

「二枚だ」

「……二枚ですか」

それなら自分はもうとっくに退場になっている。

部屋を出ていく桔平の背中に向かい、小さく呟いた。

ありがとうございました。この三週間、本当に幸せでした。

「さよなら、桔ちゃん」

世界で一番大好きな人。世界で一番大切な、初恋の人。

「桔ちゃんのこと……ずっとずっと忘れません」

ロクは布団の中で、また少し泣いた。


桔平が出かけるのを待って起き出した。病院には行かない。昨夜ひと晩考えてそう決めた。最後に一度顔を出して、みんなにお別れを言いたかったけれど、そんなことをしたら決心が揺らいでしまう。どの道一週間後には地獄に帰らなくてはならない。別れが少し早くなっただけのことだ。

風邪をひいたので休ませてほしいと連絡すると、野口は本気で心配してくれた。

『なぜだか今週、患者さん少ないから、心配しないでゆっくり休んで』

確かに野口の言う通り、最初の週に比べると今週は時間に余裕があった。患畜の数が少しずつ減ってきているのかもしれない。

――きっと噂のせいだ。

身支度を整えると、真っ直ぐ商店街に向かった。目指す先は『フラワー・いがらし』。ダメ元で五十嵐に直接会って、嘘の噂を流すのをやめるように説得するつもりだ。もちろん素直に聞き入れてもらえるとは思っていない。説得が難航した時の最終手段も考えてある。

どうせ地獄に戻るのだ。怖いものは何もない。

ところが店の前に立ったロクを、予想もしない事態が待ち構えていた。

「臨時休業……？」

扉は閉まっていて、カーテンで中の様子も窺えない。慌てて裏口に回り呼び鈴を鳴らしてみたが反応がない。

「五十嵐さん！　おはようございます、五十嵐さん！」

ドアを叩いてみても、返答はない。もうどこかへ出かけてしまったらしい。

「仕方ない。帰ってくるまで待とう」

ロクは時間を潰すために、向かい側にあるファストフード店に入った。窓際の席に座り、朝の商店街をぼんやり見つめる。少しでも気を緩めると涙が出てしまいそうだから、後ろの席の会話に耳を澄ませていた。

「してないって」

「絶対にした」

「だからしてないって言ってるだろ」

「証拠は？」

「浮気してない証拠なんてあるかよ。そっちこそ俺が浮気したって証拠があるなら、今ここで見せろよ」

若いカップルは十代だろうか。女性が男性の浮気を疑っているらしい。

「だってわかるんだもん」

「証拠もないくせに？」

「女の勘」

「出たよ、女の勘」

ため息をついた男性は、ロクの背中から数十センチのところに座っている。

果たして男性は浮気をしたのか。していないのか。

意識を集中させてみたが、さっぱりわからなかった。

──やっぱり……。

昨夜、木村母子の娘が言った言葉が、本音なのかわからなかった。

閻魔としての能力が、弱ってきているのだ。

『ただし長期間罪の気を浴びずにいると、嘘を見抜く勘が鈍り、閻魔に戻れなくなる』

出がけに閻魔大王はそう言った。期間はギリギリひと月。すでに三週間が過ぎた今、力は徐々に弱ってきているのだろう。

「急がなくちゃ」

完全に力を失えば、強制的に地獄に戻されてしまう。その前になんとしても五十嵐に会わなくてはならない。

「どこ行っちゃったんだろう」

焦りばかりが募った。二時間が過ぎ、三時間が過ぎても五十嵐は一向に戻らない。ファストフード店でなければとっくに追い出されているところだ。午後になり、四杯目のドリンクを飲み干しても、五十嵐が帰宅する様子はない。

「まさか旅行にでも出かけちゃったのかな」

尿意が限界に達し、トイレに行こうと立ち上がったその時だ。

『フラワー・いがらし』の二軒隣にある『月の湯』に、五十嵐が入っていくのが見えたのだ。ロクは弾かれたように立ち上がり、大急ぎで銭湯へと向かった。

番台には、ぶぅ太を巡って五十嵐と言い争いをした時、飴玉(あめだま)をくれたあの背中の丸まった老女がいた。

「おや、どこかで見たことがあると思ったら」

「こんにちは。先日は飴をありがとうございました」

「飴ちゃんくらい、いつでもあげるよ。まだ誰も入っていないから、ゆっくりしていきな」

「ありとうございます」

会釈をしながらロクは首を傾げた。確かに五十嵐が入っていくのを見たはずなのに。見間違えたのだろうか。急いで服を脱ぎ捨て浴室の扉を開けた。

──なんだ、ちゃんといるじゃない。

湯船に浸かる五十嵐の姿に、ロクはホッと胸を撫で下ろした。

──お婆ちゃんの勘違いだったみたい。

ロクは身体に湯をかけると、背中を向けて浴槽に浸かっている五十嵐に、さりげなく近づいた。

「こんにちは、五十嵐さん」

五十嵐が振り向く。その目が大きく開かれた。

「こんなところで会うなんて、奇遇ですね」

「………」

嫌なやつに会ってしまった。そんな胸のうちを隠そうともせず、五十嵐は眉を顰めて舌打ちをした。ロクは「失礼します」と五十嵐の隣に浸かった。

「五十嵐さん、黒澤先生のこと、よっぽど恨んでるんですね。昨夜また別の噂を聞きました。十九年前の火事の話です」

五十嵐は何も答えない。

「大勢の前で恥かかされて、腹が立ったんですね。だから噂のひとつもばら撒いて、放火犯に仕立て上げるくらいのことしてやらなきゃ気が済まない……そんな感じですか？　でも残念でしたね。連続不審火の犯人は昨夜捕まりました。もう聞きましたか？」

五十嵐は憮然（ぶぜん）とした表情のままタオルで顔を拭った。今日は酒の匂いがしない。

「気持ちはわからなくもないですよ。人間きれいごとだけじゃ生きていけませんから」

「………」

「ひとつ、いいことを教えて差し上げましょうか」

五十嵐がちらりと視線をよこす。すかさずくるりと背中を向けると、五十嵐が短く息を呑むのがわかった。

「ひどい傷でしょ？　割れたガラスでぐっさりやっちゃったんです」

「………………」

「十九年前の火事のこと、よくお調べになりましたね。新聞か何かですか？　それともネットに情報が残っていましたか？　黒澤先生の父親があの火事で亡くなったのは事実です。仕事を失くして家族に去られて、酒に溺れて……」

五十嵐は黙ったまま、正面の富士山を見つめている。

「あの日、確かに黒澤先生は父親と一緒にいました。けどふたりきりじゃなかった。あの場にはもうひとり子供がいたんです」

僕です。ロクの告白に、五十嵐が無言のまま目を瞠る。

「僕は黒澤桔平の腹違いの弟です。隠し子だったんです。あ、こう見えても僕、黒澤先生とはひとつしか年が違わないんですよ？」

自分の母親は早くに亡くなり、児童養護施設で育った。ひどいイジメに遭い、逃げ出すように父親のもとを訪ねたのが九歳の時だった。しかし父親は自分の息子であることを認めようとしない。何度訪ねてもけんもほろろに追い帰された——。ロクは昨夜ひと晩かかってこしらえた作り話を、五十嵐に披露する。

「だから僕はあの日、子供ながらに知恵を働かせました。『ＤＮＡ鑑定をしてほしい』とお願いしたんです。そうしたら父が激昂して、僕はボコボコに殴られました」

五十嵐は声もなく話に聞き入っている。ロクは作り話を続けた。

「殺意って、唐突に湧いてくるものなんですね。気づいた時には父の頭、置時計で思い切り殴っていました。で、証拠隠滅のために家に火をつけようとした時、黒澤先生がやってきたんです。最悪のタイミングでした。もちろん口止めをしました。誰かに言ったらお前のことも殺すからなって。けどその必要はありませんでした。黒澤先生、ショックで当時の記憶を失くしちゃったから……けれどいつ記憶を取り戻すかわからない。だから僕はこうして時々探りを入れに来てるってわけです」

――もうすぐだよ、桔ちゃん。

五十嵐がこの話を信じれば、桔平への嫌がらせはなくなるはずだ。

ロクは必死に畳みかける。

「わかりましたか？　十九年前に自分の父親を殺したのは、黒澤先生じゃありません。この僕です。だから金輪際あの火事について、余計な噂をばら撒かないと約束してください。黒澤先生と違って僕には失うものは何もありませんが、あれこれ探られるのはゴメンなんですよね。こう見えて他にもシャレにならない過去がふたつみっつあるので。万が一あなたがまた誰かに十九年前の事件の話をしたら、今度燃えるのは――あなたの店だ」

腹の底から絞り出すように脅しをかけた。しかし五十嵐は表情ひとつ変えない。

——やっぱり僕の見た目じゃ、迫力なさすぎかなあ。

いくらなんでも二十八歳には見えないぞ、なんて疑われているのだろうか。

「聞こえているなら返事くらいしてください、五十嵐さん」

声を上ずらせるロクに、ようやく五十嵐が口を開いた。

「話はそれだけか」

今日、初めて、五十嵐が口を開いた。

「……え」

「話はそれで終わりかと聞いているのだ」

低く太くやけに落ち着きのある声は、五十嵐のそれではなかった。

——どっかで聞いたことのある声……。

「まさかっ」

ロクはひゅうっと息を呑んだ。五十嵐の顔が見覚えのある顔に変わっていく。

ザバンと音を立てて立ち上がった瞬間、ふっと意識が途切れた。


「まったくお前は何を考えておるのだ」

気づいた時、ロクは地獄の白洲にいた。閻魔大王によって強制送還されたのだ。

三週間ぶりのそこは、以前と何も変わっていなかったが、ほんの少しだけ狭く感じるのは、ロクが黒猫ではなく人間の姿のままだからだろう。

久しぶりに見る大王はやはり威厳に満ちていて、ロクは声もないまま深く項垂れた。

「閻魔が嘘をつきまくるとは何事だ。呆れてものが言えぬ」

叱責（しっせき）するその声はしかし、いつになく穏やかだった。

「現世はどうであった、ロク」

「………………」

「黒澤桔平との暮らしは、楽しくなかったのか？」

ロクはふるふると頭を振った。

「お前は元々現世で生きていたのだ。大好きだった男と再会できたのだから、楽しくないはずはあるまい」

大王の言葉に、ぎりぎりでこらえていた涙が溢れ出した。

「うぅ……っ……くぅぅ……」

仔猫（こねこ）のような声を上げてロクは泣いた。

「どうして……どうして五十嵐さんの姿になって、現れたりしたんですかっ」

それも最悪のタイミングで。ほろほろと涙を零しながら、ロクは大王を睨み上げた。

あれが桔平を守る最後のチャンスだった。それなのに渾身の作り話を聞かせた相手は、五十嵐ではなく閻魔大王だったなんて。

「あれ以上あちらにいれば、お前は閻魔に戻れなくなる。だから迎えに行った」

「もうちょっとだったのに……あとちょっとで五十嵐さんに釘を刺せたのに」

「お前の任務は黒澤桔平の監視だ」

「でも！　それでも僕は、桔ちゃんを守りたかったんです！」

ロクは拳で地面を叩いた。

「僕は……初めて人を憎いと思いました。五十嵐さんを怒鳴りつけて、殴ってやろうかとも思いました。でも、そんなことをしても桔ちゃんは喜ばないと思ったから……」

一生懸命に考えた。自分でも拙い作り話だと思うけれど、あれがロクの精一杯だった。

誰も傷つけずに桔平を守るには、ああするしかなかった。

「お前は、それほどまでに黒澤桔平が好きなのか」

「……好きです。大好きです」

桔平のためならなんだってする。手を汚すことも厭わない。

「こんなことになるなら、いっそ五十嵐さんを殺しちゃえばよかった……っ」

自分が地獄に送られることで桔平を救えるなら、いっそ罪を犯してしまえばよかったのにと思う。閻魔大王の前だということも忘れ、ロクは「くそぅ」と唇を噛んだ。

「閻魔のくせに、なんということを言うのだ」

大王が深い深いため息をついた。吐息でロクの黒髪がふわりと靡く。

「ロク、これを見なさい」

大王は浄玻璃を指さした。今は何も見たくないと首を振ると、「いいから見るのだ」と強い口調で促された。仕方なく顔を上げたロクは、思わず「あっ」と短い声を上げた。

そこに映し出されているのは今この瞬間の現世の様子だ。ロクの身体は三週間前、桔平がされていたのと同じように救命救急センターのベッドに横たえられ、医師たちの懸命な心臓マッサージを受けている。髪がびしょびしょに濡れている。魂の抜けた身体は透き通るように青白く、一切の生を感じられなかった。

続いて廊下が映し出される。救命センターの扉の前に、見たこともない表情をした桔平が立ち尽くしていた。学会を抜け出してきたのだろうか。

「お前はあの銭湯で溺れた……ということになっている」

「……桔ちゃん」

たまらず浄玻璃に縋りついた。

「ロク！　ロク！　戻ってこい！」

扉の前で桔平が叫んでいる。

「おい、閻魔大王！　どうせ俺の姿を見ているんだろ！　ロクを返せ！　返してくれ！」

突然わけのわからないことを叫び始めた桔平に、看護師たちがぎょっとしたように顔を見合わせている。

「桔ちゃん！　桔ちゃん！」

会いたい。もう一度抱きしめてほしい。

喉が嗄れるほどの叫びはしかし、浄玻璃の中の桔平には届くはずもない。

「ロクを返さないなら俺が迎えに行く！　俺はたくさん嘘をついた！　ロクのこと、こんなに好きなのに『なんとも思ってない』と言った！　俺にはそこへ行く権利がある！　今すぐ迎えをよこせ！」

桔平はそう言って走り出した。廊下を抜けると、非常階段のドアを開けた。

「桔ちゃんまさか……」

「死ぬ気だな、あれは」

閻魔大王が「愚か者め」とため息をついた。

「やめて、桔ちゃん！　そんなことしちゃダメ！」

ロクの声は届かない。桔平は階段を駆け上がる。そのポケットから何かが飛び出して、ころりと踊り場に転がった。三段上から踊り場に飛び降りた桔平が、大切そうに拾い上げたのは、柿の実だった。ロクは息を呑む。

「桔ちゃん……あの神社に行ったんだ」

雑木林の入り口に立っていた柿の木。その実をロクが欲しがった。

『もうちょっとなんだけどなあ。くそぉ』

まだ子供だった桔平が、棒を使ってもジャンプをしても、取れなかった柿の実。

『来年はもうちょっと背が伸びるはずだから。来年必ず取ってやるからな』

澄んだ幼い声が蘇る。八月の柿の実はまだ青く硬く、桔平は「よかった、傷ついていない」と愛おしそうに呟いた。

「全部思い出したよ、ロク。お前あのロクだったんだな。自分がつけた名前なのに、気づいてやれなくて……ゴメン」

青い柿の実に頬を寄せ、ひと粒涙を落とすと、桔平はまた階段を上り始める。

「桔ちゃん……うぅぅ……あああっ！」

突っ伏したまま慟哭した。すべての細胞が溶けて、涙になってしまうのではないかと思った。閻魔大王の静かな声が落ちてくる。

「ロク、お前は自分が閻魔に向いていると思うか」

地面に額を擦りつけて首を振った。とことん向いていないという自覚はある。だからこそ大王がなぜ自分のような者を見習いとして傍に置いてくれたのか、ずっと不思議でならなかった。

「そうだ。お前は情に流されやすい。優しすぎるのだ。閻魔には向いていない」

だったらなぜと、問いかける前に気づいた。ロクはゆっくりと顔を上げる。

「もしかして大王さまは、最初から……」

それには答えず、大王は浄玻璃に視線をやった。

「人の世は、いつの時代も理不尽なものだ。しかし人の世のことは人の世のこと。閻魔にはどうすることもできん。ただここへ導かれてきた罪人を裁くのみだ」

救命センターでは相変わらず心臓マッサージが続いている。桔平は八階まで上った。

「しかし私は、罪人を機械的に裁いているわけではない。閻魔は人ではない。血は通っておらん。さりとて一切の感情がない、というわけではない」

威厳に満ちた眼光が、徐々に穏やかな色に変わっていく。

「閻魔見習いなどというのは建前。十九年前、私は、愚かな人間の身勝手な行いによって傷ついたお前を、一時的に保護してやるつもりだったのだ。当初は黒澤桔平が成長し、自分の身に起きた悲しい出来事をしっかりと受け止められる年齢になったら、当時の記憶を戻し、同時にお前を現世に帰してやるつもりだったのだが……」

大王はふっとその口元を緩めた。

「罪の気に満ちたこの地獄の入り口で、永遠に罪人を地獄に送り続ける。それが私の宿命だ。しかし気まぐれで保護したはずのお前の存在は、日に日に大きくなっていった。つまるところ私が、お前を手放しがたくなってしまったのだ」

「大王さま……」

親が子を慈しむような大王の表情を、ロクはこの時初めて見た。

「このまま永遠にお前を傍に置くのも悪くないと思い始めていた。ところがあの日、黒澤桔平が事故に遭った。放っておけば天道に向かうはずの彼を、ここへ呼び寄せたのは私だ」

「えっ」

「心臓が完全に停止する前に連れてこいと、閻魔卒に命じたのだ」

罪など犯していない桔平が天道ではなく地獄に堕ちたことも、死が確定する前に連れてこられてしまったことも、閻魔卒の不手際だとばかり思っていた。よもや大王の命だったとは想像すらしなかった。

「お前を現世に帰す時がきたのだと悟った」

大王はひと月かけて桔平を観察した。ロクを託して大丈夫な人間かどうか。あの頃と同じように、ロクを大切にしてくれるかどうか。

「黒澤桔平。よい男に育ったな」

「大王さま……」

ロクの目から、今までとは違う温度の涙が溢れた。

心臓マッサージは続く。桔平は十階に辿り着いた。十二階の上は、屋上だ。

「ロク、お前は知らないだろうが、黒澤桔平の父親は、あの火事で死んだのではない」

「……え」

「火事で火傷を負ったのは事実だが、焼死したわけではない。頭に置時計を喰らって死んだわけでもない。入院から十日目に、病死したのだ」

火事の時、桔平の父の肝臓はアルコールでボロボロだった。魔が差したとはいえ息子を手にかけようとしたことへの自責の念に耐え切れず、病室でも隠れて酒を飲んでいたという。

「自死に近い死に方だった。だから祖父母は彼に『火事で死んだ』と伝えた。桔平は記憶を失くしていたからな。警察は聴取を諦め、真実は闇に葬られたのだ」

「それじゃ……」

「お前は黒澤桔平の父親を殺してなどいない。安心しなさい」

救命医たちの顔に、焦りの色が濃くなる。大王がゆっくりと立ち上がった。

「ロク、たった今、お前に暇を出す」

「……ヒマ？」

「クビだと言っているのだ。お前はおそらく百年待っても閻魔にはなれん。ゆえに今この瞬間をもって、閻魔見習いを解くこととする」

「そ、それじゃ、僕」

浄玻璃の中で桔平が、屋上に続く扉に手をかけ「ロク、迎えに行くからな」と呟いた。

「やれやれ、頭のよい冷静な男だと思っていたが、お前のこととなるとあのザマだ」

大王は眉尻を下げ、肩を竦めた。

「本当に、現世に戻ってよいのですか？」

「もたもたしておると、黒澤桔平がこちらに来てしまうぞ」

重い罪を犯さなければ、二度と地獄に来ることはない。十九年間傍に置いてくれた閻魔大王とも、永遠の別れになる。浄玻璃の前で、ロクは立ち上がった。

「大王さま……」

深々と礼をする。足元にはたはたと涙が落ちた。

「お別れだ、ロク」

穏やかな声に顔を上げる。視界がぼやけ、大王の顔が霞んでいく。

「さよなら、大王さま……長い間ありがとう……ございまし……」

最後の「た」は、大王の耳に届いただろうか。

遠のく意識の中で「幸せになるのだぞ」という声を聞いた。

ガラガラガラと音がする。微かな振動を全身に感じる。

「ロク！　おいロク！　起きろ！」

肩のあたりを揺さぶられた。

——桔ちゃんの声だ。

もう朝なのだろうか。まだ眠いのに。

「黒澤さん、お気持ちはわかりますが、心拍は戻ってもこれからいろいろ検査がありますので、あちらでお待ちください」

「ロク！　起きろ、目を覚ませ！」

「ちょっと、黒澤さん！」

頭上を飛び交う騒がしいやり取りに、ロクはゆっくりと目を開いた。

「ん……」

眩しさに目の奥がツンと痛んだ。見たことのない天井が頭から足の方へ流れていく。

——そっか、ここは桔ちゃんの家じゃなくて、病院……。

魂が戻ったロクの身体はどうやらストレッチャーで移動させられているらしい。

「ロク！　ロク！　俺が見えるか？　わかるか？」

ストレッチャーが止まった。声のする方にゆっくりと顔を向ける。

「っちゃん……」

ロクは毛布を跳ねのけ、勢いよく起き上がる。

「桔ちゃん！」

「ロク！」

「起き上がらないでください！」

看護師が悲鳴のような声を上げたが構っていられない。ストレッチャーから身を乗り出し、傍らに立つ桔平に腕を伸ばし、ひしっと抱き合った。

「ロク！　よかった……本当によかった……」

潤んだその声に、ロクの目も潤む。とっくに涸れたと思っていた涙がまた頬を伝った。

桔平は屋上から飛び降りる寸前、看護師から「ロクが息を吹き返した」という知らせを受け、慌てて駆けつけたのだという。

頬と頬を摺り寄せる。ふたりの涙が混じり合い、つるつると気持ちがいい。

「痛いところはないか？　目は見えるか？　手足は動くか？」

「はい。大丈夫です」

「帰ってきたんだな？　もう地獄には行かなくていいんだな？」

「はい。閻魔見習い、クビになっちゃいました」

「そっか。クビか」

濡れた瞳で、桔平がクスッと笑う。

「閻魔大王に感謝しなくちゃな」

はい、と頷き、ロクもクスクス笑う。

「……CT室へ移動中に意識を回復したんですけど、せん妄があるようで、地獄とか閻魔とか意味のわからないことを……わかりました……それとですね、付き添いの方も同じような症状が……三週間ほど前に事故で運ばれてきた動物病院の……そうですそうです、黒澤先生です……」

壁際で看護師がどこかに連絡をしている。

「やれやれ俺まで再検査になりそうだ。いいかロク、家に着くまで地獄の話はナシだぞ」

ロクは「わかりました」といたずらっぽく笑った。

「ロク、愛してる」

看護師が背を向けているのをいいことに、桔平が耳元で囁く。「僕もです」と答えると、頬にチュッとひとつキスをくれた。

検査の結果どこにも異常が認められなかったロクは、夕方になって帰宅を許された。

玄関のドアが閉まるのも待てず、三和土(たたき)で靴を履いたまま抱きしめられた。

「桔ちゃん……」

「ロク……」

そうせずにはいられなくて、何度も何度も、バカみたいに互いの名前を呼び合った。

ふと、腰骨に何か硬いものが当たった。桔平の上着のポケットが膨れている。

「……柿の実」

「ああ。あの柿の木の実だ」

差し出した手のひらに、青く小さな柿の実がころんと乗った。

「やっと取ってもらえました」

「十九年かかっちまった。ごめんな」

もう一度ぎゅうっと抱きしめられ、また目頭が熱くなる。昨日から泣きっぱなしだから、目蓋がちょっぴり腫(は)れぼったい。

「夢を見ているみたいです。桔ちゃんが僕のこと思い出してくれたなんて」

「俺もだ。お前が黒猫のロクで、こうしてまた会えて、しかも人間の姿になってるなんて」

「途中、黒猫閻魔でしたしね」

「まったくだ」

笑いながら額をくっつけ、軽くキスを交わした。

昨日の朝、学会へ向かおうと家を出た桔平は、マンションを出たところで高校生くらいの女の子に呼び止められたという。制服姿の彼女は『五十嵐の娘です』と名乗った。

『父のことで、黒澤さんに謝りに来ました。歩きながらでいいので聞いてください』

足を止めない桔平を、彼女は小走りに追いかけてきた。

『先週、月の湯のお婆ちゃんから聞きました。父が黒澤さんを逆恨みしてひどいことしてるって。黒澤さんの悪い噂、嘘の噂をあちこちで……本当にすみませんでした』

歩きながら彼女は頭を下げた。

『でもうご迷惑をおかけすることはないと思います。一昨日、父は入院しました』

桔平は足を止め、彼女を振り返った。

『アルコール依存症です。専門の病院に入院しました。優しい人だったんです。でも母が死んでからお酒に溺れちゃって、人が変わっちゃったっていうか……』

もとよりアルコールに溺れた父親とのふたり暮らしには、限界を感じていた。彼女は信頼できる伯母に連絡をし、バタバタと五十嵐の入院が決まったのだという。二学期から伯母のところで暮らすことになったと項垂れる彼女に、桔平は言った。

『噂のことは知っていたが、うちのスタッフは誰も気にしていない。目の前の動物を助けることだけで精一杯だからな。五十嵐さんに、お大事にと伝えて』

彼女は『ありがとうございます』と一礼すると、バス停に向かって走っていった。

『お酒に溺れちゃって、か……』

彼女の背中を見送っていると、どこからともなく猫の鳴き声が聞こえてきた。あたりを見回しても猫の姿はない。声は桔平の頭の奥で響いていた。『みゃあ！　みゃあああおおおっ！』というこの世の終わりのような鳴き声に、なぜかロクの声が被る。

『起きて、桔ちゃん。火事なんだ。逃げないと焼け死んじゃうよ！』

——ロク……？

火事ってなんだ？　どこだ？　もう一度見回すが、もちろんロクの姿はない。

ひどい目眩がした。頭痛もする。朝の通勤路で、桔平は頭を抱えた。身体が熱い。何かが燃えるパチパチという音がする。吐き気を催すような、強いアルコールの匂いがする。

『桔平、死のうか』

道端にしゃがみ込んだ桔平の耳に、その声は大きく響いた。

『お父さんと一緒に、死のう』

「その瞬間、いろいろな光景が一気に浮かんできた」

「記憶が戻ったんですね」

「ああ」

桔平はすぐに学会に欠席の連絡を入れ、電車に飛び乗った。神社に着く頃には、失くした記憶のすべてを取り戻していたという。

「俺の記憶を消したのは、閻魔大王なんだろ？」

ロクは頷き、十九年前からの経緯を話した。桔平は感慨深げに耳を傾けていた。

「閻魔大王の壮大なフライングゲットのおかげで、俺は命拾いをしたってわけか」

「閻魔大王さまは、桔ちゃんの命の恩人なんです」

「地獄の番人が命の恩人か。違和感バリバリだけど」

桔平は口元に笑みを浮かべ、ロクの額に唇を押し当てた。

「感謝しているよ。大王にも、お前にも。本当にありがとう」

「あの……桔ちゃん、大丈夫ですか」

あの日、父親が自分に何をしようとしたかを知ってしまったショックは大きいはずだ。

しかし桔平はロクの頬を両手で挟み、「心配するな」と微笑んだ。

「さっき、お前が搬送された病院に向かう途中、祖父(じい)ちゃんに電話をしたんだ。親父(おやじ)があの火事で焼死したわけじゃないってこと、確認した」

火事で大火傷を負い十日後に亡くなった。聞かされていた死因は事実とは異なった。

あの日、桔平の父親は酒を飲んで暴れた挙句、本棚にぶつかり、落ちてきた置時計に頭を直撃され気を失った。そして灰皿がひっくり返り、吸いかけの煙草が運悪く新聞紙に落ちて火事になった――。祖父母はそう推測した。当時の警察もそれが妥当と判断し処理をしたが、祖父母は孫を思い、本当の死因を隠すことにした。

「たまたま訪ねてきた俺は、火事に気づき必死に消そうとした。父親を助けようとした。

けど間に合わなくて自分だけ先に逃げてしまった。そのショックで記憶を失くしてしまった……ふたりともそう思っているみたいだ」

「そうだったんですね……」

「お前が置時計を落として、俺を助けてくれたんだな」

返事の代わりに、桔平のシャツをキュッと握った。

「火事の後、警察でいろいろ聞かれたけど、何ひとつ思い出せなかった。けど警察からの帰り道、祖父ちゃんの車の中でふと、ズボンの裾に動物の噛み痕と、黒い毛がたくさんついているのを見つけて……そしたらなぜだかわからないけど涙が溢れてきて止まらなくなって……あの時きっと、お前が『忘れないで』って言っていたんだな」

迷いのない力で、強く抱きしめられる。

「ありがとな、ロク。本当にありがとう。過去を変えることはできない。けど俺には未来がある。お前とふたりで生きる未来。それさえあれば他には何もいらない」

「桔ちゃん……」

「噂話を真に受けて離れていく人は離れていけばいい。俺はこれからも自分に恥じないように仕事をするだけだ。だからお前はもう何も心配するな」

愛おしそう髪を撫でられ、ロクは「はい」と頷いた。

桔平はロクの手から柿の実を取り上げると、耳朶に唇を押し当てて囁いた。

「ベッド、行こうか」

「え？　——うわあっ」

返事をする前に、ふわりと身体が浮いた。突然のお姫さま抱っこに驚いて、尻尾と耳が飛び出してしまった。

「閻魔大王、これ、残してくれたんだな」

桔平はロクの尻尾をくるんと手に絡め「粋な計らいだ」と微笑む。

「粋じゃないですよ。完全な人間になれたと思ったのに。ひどいよ、大王さまぁ」

黒猫閻魔の名残りに文句たらたらのロクを、桔平は心持ち急ぎ足でベッドに運んだ。


「んっ……っ……ふっ……」

ロクをベッドに横たえるや、桔平が唇を重ねてきた。この間は浅い場所で留まっていた舌が、今夜は奥深くまで入ってくる。

「……んんっ……」

上顎の奥をぬるぬると擦られると、身体中がぞくりと粟だった。舌を絡ませながら敏感な猫耳をさわさわと撫でられ、ロクは早くも身体を熱くする。

——するのかな、桔ちゃんと、セックス。

男同士の行為は浄玻璃で何度か見たことがあるが、いつも嘘を見抜くのに必死で、性的な刺激を受けたことはなかった。けれどあの行為を自分と桔平がするのだと思うと、目眩がするような興奮に、心臓がバクバクいい始める。

「大丈夫か」

「……え」

「緊張してるみたいだから」

気づけばロクは、桔平の二の腕を、痕がつくほど強く握りしめていた。

「ご、ごめんなさい」

「こっちこそ、のっけからがっついて悪かった。無理しなくていいからな」

「違うんです、僕、もう待てなくて」

「は？」

「これから桔ちゃんと、その……そういうことするんだなって思ったら、なんだか鼻血が出ちゃいそうなくらい興奮しちゃって」

正直な気持ちを伝えると、桔平は「お前なあ」と眉をハの字に下げた。

「自分でしたこともないって言うから、あんまり怖がるようなら今日のところはキスして一緒に寝るだけにしておこうかなんて、ぐるぐる考えていた俺がバカだった」

「一緒に寝るだけ？　嫌ですよ、そんなの」

ロクは慌てた。

「僕、知ってますから。男同士だってちゃんと愛し合えるってこと。ちょっとドキドキしていますけど、桔ちゃんとなら怖くなんかないですから、本当に全然」

必死に訴えると、桔平はクスッと小さく笑った。

「心配するな。ぐるぐる考えてはみたけれど、やっぱり一緒に寝るだけなんて無理だという結論に達した。お前が怖がったり泣いたりしても、どうにか宥めすかして最後まで抱きたい……と思うくらいには、俺も興奮している」

額に熱い唇が押し当てられる。

「確かめたいんだ。お前が本当に帰ってきてくれたってことを」

優しく澄んだ瞳だった。昔も今も変わらない桔平の瞳に、目頭が熱くなる。

「もう二度とお前を離さない。閻魔大王にも野口先生にも、誰にも渡さない」

目蓋に、鼻先に、頰に、顎の先に、キスの雨が降る。

「昔、黒猫のお前に、一度だけキスしたことがあっただろ。覚えてるか？」

「……はい」

「俺はまだガキで、お前は黒猫で、恋愛感情なんてなかったけれど、お前を俺だけのものにしておきたいという気持ちはものすごくあった。そういうつもりでキスした。だからあのキスは紛れもない、俺のファーストキスだ」

「桔ちゃん……」

嬉しくて眦に涙が滲んだ。桔平はそれをちゅっと吸い取り、シャツの裾から手のひらを忍び込ませる。

「あっ……やっ……」

胸の小さな粒を指先で円を描くように弄られ、じん、と痺れのような快感が走る。

シャツを乱暴に捲り上げられ、黒猫のくせに真っ白な肌が露わになる。

「きれいだな、ロクの肌」

慈しむような瞳の奥に、確かな官能の色が見える。それがたまらなく嬉しくて、身体の芯が一層熱を帯びてしまう。

左の粒を指で転がしながら、桔平は右の粒に口づけた。軽く歯を立てられ、ロクはビクンと身体を反らせた。

「ああっ……やぁぁ……ん」

甘ったるい嬌声を上げ、ロクは足をばたつかせた。気持ちよすぎて、どうしたらいいのかわからない。

「もうべとべとだ」

「え？」

指摘された場所に視線をやると、部屋着のハーフパンツに丸い染みができていた。

「濡れやすいんだな、ロクは」

「……ごめんなさい」

ボクサーショーツを通り越すほど濡れてしまうなんて。羞恥に頬が赤く染まる。

「どうして謝るんだ」

桔平は「バカだな」と口元を緩めながら、ハーフパンツとショーツを引き抜いた。現れたそこは、下腹につくほど硬く猛って、桔平の愛撫を待っていた。

「可愛いな、ロク……こんなに濡らして」

桔平はひとつも躊躇うことなく、濡れそぼった先端を口内に含んだ。

「あっ……やっ、ああっ……」

ぐうっと奥まで咥え込まれ、びくびくと腰が震えてしまう。

「ああ、桔ちゃん……あっ、やぁっ……」

桔平の唇の輪が熱い幹を擦り上げるたび、ぞくぞくと何かが背中を駆け上がってくる。

「桔、ちゃっ……も、ダメッ……」

「ん？　どうした」

わかっているくせに、どこか楽しそうに尋ねてくるから憎らしくなる。

「で、出ちゃいそ、ですっ」

泣きそうになりながら訴えた。

「出せよ」

「でも、あっ……やっ、あぁぁっ」

甘ったるい嬌声に煽られるように、桔平は愛撫の速度を上げる。

敏感な先端を舌でぬるぬると刺激され、ロクは踵をシーツに擦りつけながら喘いだ。

「ああっ、桔ちゃ……もっ、出ちゃ……あああっ！」

割れ目に舌先がぐっと差し込まれた瞬間、ロクは達した。

ドクドクと精を放出する快感は、風呂場での時よりずっと強烈だった。長い吐精が終わると、桔平がごくりと喉を鳴らした。

「の、飲んじゃったんですか」

ロクは目を丸くする。桔平は「当然」とばかりに、にやりと笑い口元を拭った。そして呆然としているロクのＴシャツを脱がせ、自分も着ているものを脱ぎ捨てた。

——うわ……。

久しぶりに見る桔平の裸体はやっぱり眩しいくらいセクシーで、ロクは吐精の余韻の中で思わず見惚れてしまった。

「うつ伏せになれるか」

「……はい」

「そのまま尻だけ上げて……そう」

桔平はロクの腹の下に枕をふたつ重ねて差し入れた。恥ずかしい部分を突き出すような格好に、心許なさと羞恥が同時に襲ってくる。これからされることへの期待と緊張に身を硬くしていると、背中にすーっと指先が走った。

「痛かっただろ」

桔平は、ロクの傷をなぞっていた。

「血は出なかったなんて言ったけど、出ないわけないじゃないか」

閻魔だから血なんか出ない。あの時ロクはそう言った。けれど傷を負った時、ロクはまだ黒猫だった。鋭いガラスに肉を深く抉られ失血死する寸前、閻魔大王によって地獄へ導かれたのだ。

「痛くなかったなんて、嘘つきやがって」

まるでまだそこから真っ赤な血が流れ出ているかのように、桔平は古傷に口づけた。

「ごめんな、ロク。俺のせいで……」

「桔ちゃんのせいじゃありませんよ。それに、全然痛くなかったですから」

痛みを感じないほど必死だった。桔平を死なせたくない。助けたい。その強烈な思いだけが猛火の中、傷ついたロクを突き動かしていた。

「ありがとう。ロク」

「本当にちっとも痛くなかったんです」

「嘘つき閻魔」

「閻魔はもうクビになりました」

「でもこれは残っている」

緊張で丸まっていた尻尾をさわりとひと撫でされ、ロクはびくんと腰を引いた。

「尻尾と耳、ずいぶん感じやすいんだな」

桔平は尻尾の付け根を摑むと、先端に向かってさあっと毛並みを立てた。

「ああ、あっ」

「気持ちいいか？」

「わ、わかんなっ、い」

「じゃあこうしたら？」

桔平が背中から覆いかぶさる。ロクの感じやすい尻尾は、桔平の腹筋と自分の腰の間にサンドイッチされてしまった。

「いやぁぁ、ん」

六つに割れた硬い腹筋が、ロクの尻尾をぐりぐりと潰すように捏ね回す。

「ああ、あっ……ん、やぁ……」

まるで中心を扱かれているような刺激に、ロクは甘い声を上げて身悶えた。

太腿の付け根に当たる桔平のそこが、熱く硬くなっている。桔平も感じてくれている。

それが嬉しくてたまらない。

「あぁん……桔ちゃん……」

「可愛い声……たまんないな」

猫耳に切なげな吐息がかかる。黒い毛で覆われた耳をカリッと甘噛みされ、ロクは「あぁっ」と背を反らす。一度萎(な)えたはずの中心がむくむくと力を取り戻すのがわかった。

腹筋で尻尾を潰されながら猫耳に歯を立てられ、同時に胸の突起を指で捏ねられる。頭が真っ白になるほどの快感の波に襲われ、ロクの眦には涙が浮かんだ。

「きっ、桔ちゃ……もう、ダメ」

「またイキそう？」

こくこくと頷くと、桔平がふっと笑った。

「何度でもイけよ」

「やです……今度は、一緒が、いいからっ」

「……え」

「早く桔ちゃんと、ひとつになりたい、です……ああっ」

喘ぎながら必死に告げると、桔平は呆れたように小さく舌打ちし、「俺を煽るなんて、いい度胸だな」とため息をついた。

狭く凝った入り口に、長い指がぬちっと挿し込まれる。

「ん……ぁぁ……っ……」

「痛いか？」

「……たく、ないっ、ですっ」

ロクはシーツを握りしめ、ふるふると首を振った。

「嘘つき閻魔の言うことは、イマイチ信用ならないけど……」

ロクの先端からシーツに向かって、とろとろと透明な粘液が糸を引いているのを確認し、桔平は「とりあえず、嘘じゃないみたいだな」と笑った。

狭い器官をぐうっと広げられ、粘膜を擦り上げられると、たまらず切ない嬌声が上がる。ほどなく桔平の指がこりっとした部分に触れた。電気が走ったような感覚に、ロクはびくんと身を竦ませた。

「あっ、ひあっ、……なに？　今の」

「前立腺（ぜんりつせん）。ロクのいちばんイイところだ」

桔平はおもちゃを見つけた子供のように、そこばかりをしつこく攻めた。

「ああ……やっ……桔っ、ちゃん……」

「ここ触ると、前からどんどん溢れてくるな」

「や……あぁ……ん」

喘ぐロクの耳に、桔平は「そろそろ大丈夫そうだな」と囁いた。

あやすように猫耳と尻尾を弄りながら、桔平が徐々に入ってくる。想像を絶する圧迫感に、意思とは関係なくぽろぽろと涙が零れたが、それでも怖くはなかった。

「大丈夫か？　痛くないか？」

「だいじょぶ、ですっ」

いい子だ、と髪にキスが落ちる。ゆるゆると、桔平が腰を動かす。熱い先端でイイところをぐりぐりと弄られると、意識が飛んでしまいそうになる。

「奥まで入ったぞ」

「……え」

「やっとひとつになれたんだ」

桔平の言葉が、ロクの心を震わす。

「嬉しい……」

またひと粒、涙がシーツに落ちる。

「俺もだよ、ロク。もう二度と離さない」

はい、と頷くより早く、桔平が律動を開始した。ゆっくりと内壁を抉ったかと思うと、ずんっと奥を突く。緩急をつけた抽挿に、ロクは見も世もなく喘いだ。

「ロク……ロクッ」

桔平の声が、官能を帯びて掠れている。ぐちゅ、ぐちゅっという卑猥（ひわい）な水音に、ロクは追い立てられていく。

「ああ、あっ……桔ちゃ、すご、いっ……」

「ロクの中……温かいな」

ずっとずっと好きだった。ふたりを隔てていた十九年の年月が今、薄い粘膜一枚の距離に縮まったのだ。嬉しくて、切なくて、たまらなく気持ちいい。

「気持ちいいか？」

「ああ……すごく、いい……」

「俺も」

囁く声から、いつもの不敵な余裕が消えている。

「桔ちゃん、好き……大好きっ……」

高く上げた尻を抽挿に合わせて動かすと、ロクの中の熱がぐんと大きくなった。

「くそっ……」

桔平が苦しげに呟く。本能を剥き出しにしたような熱っぽい声だ。

「ロク、一緒に……」

凶器のような熱が激しく粘膜を抉る。

意味のある言葉を紡ぐことはもうできなかった。

「ああ、あっ、あっ」

抽挿が速まる。肉のぶつかる淫猥（いんわい）な音が響く。

「ロク……ロク、愛してるっ」

「ぼ、僕もっ……ああ、イ、くっ……あああっ！」

目蓋の裏が白む。

激しく達した瞬間、最奥に熱く重い熱が叩きつけられるのを感じた。

――桔ちゃんと、やっとひとつに……。

幸せなまどろみに身も心も任せる。

『ロク！　お待たせ！』

意識を手放す瞬間、ロクは確かに聞いた。

ガチャガチャと揺れるランドセルの音と、高く澄んだ少年の声を。


その夜、桔平はロクより一時間遅く帰宅した。『トリマー入門』と書かれた教科書を机に伏せ、ロクは自室からダイニングに向かう。

「お帰りなさい、桔ちゃん。今日も一日お疲れさまでした」

「……ただいま」

その声は、なぜかとても不機嫌そうだった。どんなに疲れていても「ただいま」の後のキスは欠かしたことはなかったのに、この夜は目も合わさないまま、上着をソファーの背もたれに放り投げた。

──何かあったのかな。

首を傾げるロクに、桔平は「そこに座れ」と促した。

「話がある」

「……はい」

何ごとだろうとドキドキしながら、ロクはソファーに腰を下ろした。

人間として現世で生きることを許されて二週間。ロクは『くろさわ動物病院』の正式なスタッフになった。

『僕、ここでみなさんと働いているうちに、もっと本格的に動物とかかわりたいと思うようになりました。だから大学を中退して、トリマーの専門学校に通うことにしました』

閻魔大王に暇を出された翌日、ロクは朝礼でみんなにそう報告をした。『大学を中退』という部分以外は、すべて本当のことだ。野口をはじめ、修子もかおりも若葉もみちよも、みんな大喜びで歓迎してくれた。

嘘を見抜くことこそできなくなってしまったが、動物の心を感じる能力はなくなっていなかった。以前と同じような働きができることは嬉しかったが、晴れて手に入れた人間の身体は、残念ながらちょっぴりポンコツだった。

相変わらずすぐに眠くなるし、お風呂は苦手だし、極度にびっくりすると猫耳と尻尾が飛び出してしまう。徐々にコントロールできるようになってきているとはいえ、病院で飛び出したらシャレにならないと、桔平はロクに『勤務中はこれを頭に巻いておけ』とバンダナを買ってくれた。

小さな肉球が散りばめられた赤いバンダナは、スタッフからも飼い主たちからもとても好評だった。

「どうしたんですか、桔ちゃん。顔が怖いですよ？」

「俺がこんな顔になるようなことをしたのは誰だと思う」

「え？　誰ですか？」

真剣に考えていると、桔平がテーブルをパンと叩いた。

「お前以外に誰がいるんだ」

「僕ですかっ？」

「お前、今日、木村さんの娘さんと、何を話していたか覚えているか」

「木村さん？　ああ、リリアンちゃんの飼い主さんですね。えっと確か……バンダナの話をしたような」

あの夜駐車場で約束した通り、木村母子は病院を変えることなくこれまで通り『くろさわ動物病院』にリリアンを連れてくる。「人の噂も七十五日」ということわざがあるようだが、桔平に関する噂は七十五日どころか二週間も経たずに完全に消えた。

『ロクくんのバンダナ、めっちゃ可愛いよね。すごく似合ってる』

『えへへ、ありがとうございます』

『お弁当包みにも使えそうだね』

『あ、いいですね。大きさもちょうどいいし』

『それどこで売ってるの？　私もほしい』

『実はこれ、黒澤先生がインターネットで買ってくれたんです』

待合室の片隅で、そんな他愛もない会話をした。

「その後だ。お前、木村さんになんて言ったか覚えてるか」

「その後ですか？　確か……」

ロクは眉間に力を入れ、斜め上を見上げながら記憶を辿る。

『黒澤先生が？　これを？』

木村はぷっと噴き出した。

『黒澤先生がパソコンに向かって、真剣に肉球のバンダナ選んでる姿って、想像するとちょっとシュールよね』

木村の発言に、近くにいた飼い主たちが『わかる、わかる』と笑いながら同意した。

『一見不愛想で怖そうだけどね』

『実は優しい先生なのよね』

『そうそう。動物愛に溢れて』

『愛が人間にまで回らないだけで、本当はすごくいい人なのよね』

『先生、家では優しいんでしょ？　ロクくん』

ロクは思い切り頷いた。

『はい。ものすごく――』

優しいですと言いかけて、ロクは口を噤んだ。野口の言葉を思い出したのだ。

「お前、その後なんて答えた？」

「……『ちっとも優しくないし、全然いい人なんかじゃありませんよ』って」

桔平はハッと短くため息をつくと、腕組みをしてソファーにふんぞり返った。不機嫌の原因は、どうやらその発言だったらしい。

「俺はお前にちっとも優しくないのか？」

ロクはふるふると首を振った。口の悪さを補って余りあるほど、たっぷりの愛情を注いでくれていると思う。

「じゃあどうしてあんなこと言ったんだ」

「それは……」

「全然いい人じゃないって、どういう意味だ」

詰問されて、ロクはきゅっと縮こまる。

「だって、野口先生が」

「あ？　野口先生がどうしたって？」

「野口先生が教えてくれたんです」

ロクは、放火犯を捕まえた夜、野口に告白され、その場で断ったことを打ち明けた。

「その時、野口先生が言ったんです。『優しい』や『いい人』っていうのは、誉め言葉じゃないって」

「なっ……」

口を半開きにしたまま、桔平が固まった。

「僕、黒猫だった頃も閻魔だった時も『優しい』とか『いい人』っていうのは、誉め言葉だと思っていました。でも違ったんですね。びっくりしました。まだまだ勉強が足りないなって思いました。トリマーの勉強だけじゃなくて、現世のことも、これからもっともっと勉強しないと――あの、桔ちゃん、どうかしましたか？」

真面目(まじめ)に話しているのに、途中から桔平は身体をくの字に折ってしまった。

「……そういうことか……くくっ」

お腹を抱えて震えている。どうやら笑いをこらえているらしい。

「どうして笑うんですか」

「悪い」

「悪いって思っていないでしょ。嘘つくと舌、抜きますよ」

「閻魔はクビになったんだろ？」

うっ、と言葉に詰まると、桔平は天井を向いて「あははは」と笑い出した。

「今夜の桔ちゃん、なんだか変ですね」

不機嫌な顔で帰ってきて怖い顔で質問を浴びせたかと思ったら、答えている途中でいきなり笑い出す。ちょっぴりムッとして部屋に戻ろうとすると、「待てよ」と腕を摑まれた。

「もう。なんなんですか」

「風呂、一緒に入ろうか」

「え？」

突然の提案に、ロクは身体をピクリとさせた。

「昨日入ってないだろ。笑ったお詫びにあちこち洗ってやる」

「け、結構です。もう九月ですし、汗かいていませんし」

ロクは全力で遠慮する。第一まったくお詫びになっていない。

「現世では春夏秋冬、風呂に入るんだ」

ぐいっと腕を引かれ、ロクは桔平の太腿に尻餅をついた。

「うわあっ」

「俺と一緒なら楽しいって言わなかったか？　毎日一緒に入りたいって」

「あ、あの日だけだって、桔ちゃん言いましたよね」

身体を洗ってもらうのは楽しいけれど、お湯に浸かるのはやっぱり好きじゃない。

「ご、ご飯を先に食べましょう」

少しでも先延ばしにしようと試みたけれど、「風呂が先だ」と却下されてしまう。

「お腹が空きました」

「風呂が先だ」

「ご飯食べたいです」

「風呂だ」

「桔ちゃん、強情ですね」

「お前もな」

桔平は、クスクス笑いながら膝の上のロクを抱きしめた。

「仕方ない。じゃんけんで勝ったら晩飯、先にしてやる」

「いいですよ」

「俺が勝ったら風呂が先だからな」

「負ける気がしません」

じゃんけんぽん。勝ったのはなんと、桔平だった。「あああ」と絶望に打ちひしがれるロクを軽々と抱き上げ、桔平は笑った。

「現世には『三度目の正直』という言葉がある。覚えておけ」

「お風呂、嫌だぁ！」

「聞こえない」

「誰か助けてぇ！　ケダモノ！」

桔平は苦笑しながら、じたばたと暴れるロクの唇を塞いだ。

「んっ……ふっ……」

不意打ちのキスに、一瞬でふんにゃりと身体の力が抜けてしまう。おとなしくなったロクの耳に、桔平は「ケダモノ上等」と不敵に囁いた。

「俺はケダモノだから遠慮はしない。お前が泣こうが喚こうが、好き勝手にいろんなところを洗わせてもらうから、覚悟しろよ」

嬉しそうに宣告され、ロクはようやく悟った。

きっと身体を洗われるだけでは済まないってことに。

「いいな？」

耳朶を擽る囁きに、ロクは頬を染めて「はい」と頷いた。

獣医さんは見た

バックヤードの片隅。雑品を収めた棚の前に佇むロクの姿に、桔平は笑いをかみ殺した。おもむろにしゃがんだかと思えばすぐに立ち上がり、意を決したように手を伸ばしたかと思えば、激しく首を振って引っ込めてみたりと、謎の動作を繰り返している。

その理由を、桔平は知っている。ロクのお目当ては、棚の最下段にさりげなく置かれた段ボール箱だ。中に入っているのは『もっとびっくりキャット』。人気の高級キャットフード『びっくりキャット』の新バージョンだ。その試供品が詰められた段ボール箱に、ロクは五分以上釘付けになっているのだ。

その昔、黒猫だったロクは『びっくりキャット』に目がない。小学生だった桔平が、たった一度だけ食べさせてやったそれの味が、今でも忘れられないらしいのだ。以前自宅のキッチンで見つけた『びっくりキャット』を盗み食いしようとした前科もある。本人は上手くごまかしたつもりでいるようだが、どっこいすべてお見通しだ。

「〝もっと〟ってことは『びっくりキャット』より〝もっと〟美味しいんだろうな……」

ロクが呟く。カーテンの隙間から覗き見されているとは夢にも思っていないのだろう。ごくりと唾を呑む音まで聞こえてきて、桔平は腹筋を震わせた。

「ああ……美味しいんだろうなあ……一個だけなら気づかれないんじゃないかな」

ロクには言っていないが、新しいペットフードが届くと、桔平は獣医師として必ず一度味見をすることにしている。当然人間の舌に合わせた味付けにはなっていないから、お世辞にも美味しいとは言い難いが、ロクの味覚は黒猫時代の記憶を残しているかもしれない。

——このままだと本当に食っちまいそうだ。そろそろ仕事に戻らせよう。

桔平がカーテンに手をかけた時だ。

「ロクくん、何してるの」

待合室の方からやってきた野口の声に、ロクは「ひょわあっ！」と声を上げ、ぴょんと飛び上がった。驚いた拍子に猫耳と尻尾を飛び出させる回数は、最近になってぐんと減ってきた。ひと月前だったらヤバかったなと、桔平は胸を撫で下ろした。

「ロクくん、新しいキャットフード、食べてみたいんでしょ」

「へっ？」

「だってさっきからその段ボール箱、じーっと見つめてるじゃない」

「いっ、いやだなぁ野口先生、へっ、変なこと言わないでください。キャットフードって、猫が食べるからキャットフードっていうんですよ？　僕は猫じゃないので、キャットフードを食べたいなんて、ぜんぜん、これっぽっちも思ってないですよ」

あははは、とわざとらしく笑う声が微妙に震えている。

「もちろんそうだけど、新しいキャットフードが届いた時は、一応味見するんだよ」

「えっ！　そうなんですか？」

——野口先生……余計なことを。

カーテンの端を握ったまま、桔平は小さく舌打ちした。

「うん。味の確認のためにちょっとつついてみるんだ」

野口が段ボール箱の中から『もっとびっくりキャット』をひとつ取り出した。

「食べてみる？」

「いっ、いいんですかっ？」

ロクはあからさまに前のめりになっている。目をキラキラ輝かせているに違いない。

「まあ、人間が食べても美味しいものじゃないけどね。——はい、どうぞ」

パカッと缶を開ける音がした。

「あ、スプーンがないか」

「あります！　ぐ、偶然ポケットにスプーンが……」

ロクはポケットからプラスチックのスプーンを取り出す。食べる気満々だったのだ。

「ではいただきます………ん、んんんっ！」

ロクが上げたのが歓喜の声だと、野口は気づかない様子だった。

「ね。美味しくないでしょ？」

「はい……全然、まったく、ちっとも美味しくないです……」

そう言いながらロクは、二匙、三匙とキャットフードを口に運んでいる。

「ま、猫ちゃんのご飯だからね。残りは捨てちゃっていいよ」

じゃ、と手を上げ野口が去っていく。ロクはその背中を見送ることもせず、ものすごい勢いで残りのキャットフードを平らげたのだった。


「ただいま」

玄関の扉を開けると、ロクがバタバタと駆け寄ってきた。夕食の支度をしていたのだろう、エプロンをつけている。仕事用とお揃いの肉球模様の可愛いやつだ。

「お帰りなさい、桔ちゃん。遅くまでお疲れさまでした」

にっこり微笑むロクは暴力的に可愛い。そこになんの計算もないとわかっているから、余計に愛おしくなる。しかし今夜はそうも言っていられない。

ああくたびれた、と上着を脱ぎながら、さりげなく尋ねてみる。

「そういえばさっき、棚の前で野口先生と何してたんだ？」

横目でちらりと見やると、ロクの背中がぴくりと動いた。

「やけに楽しそうな声が聞こえたけど」

「べ、別になんにもしていませんよ？　お仕事の話をしていただけです」

そっか、と上着をハンガーにかける。振り向いた桔平は、いきなりロクの唇を塞いだ。

「んっ……んんっ……？」

突然のことに、ロクは目を白黒させている。戸惑う舌を、桔平はお構いなしに吸った。

「嘘をつくと、どうされるんだっけ、ロク」

『嘘はいけません。舌、抜きますよ』は黒猫閻魔・ロクの決めゼリフだ。

「悪い子には、お仕置きをしなくちゃな」

にやりとしながら、それこそ抜けそうなほど強く舌を吸った。

「……ん……ふっ……ん」

ほっそりとした身体から力が抜けるのに、そう時間はかからなかった。「桔ちゃん……」

とあえかな声が、桔平を呼ぶ。

「どうした。舌が抜けそうか？」

からかうと、ロクはクスリと笑い首を振った。

「舌じゃなくて……腰が抜けちゃいそうです」

だからこのままベッドに連れてってください。

恥ずかしそうに頬を赤らめて囁く恋人に、桔平は一生勝てないと思った。

あとがき

初めまして。またはこんにちは。安曇ひかると申します。
このたびご縁がございまして、ラルーナ文庫さんから本を出していただけることになりました。記念すべき初文庫をお手に取ってくださったみなさま、感謝感激です。ありがとうございます。『黒猫閻魔と獣医さん』、お楽しみいただけたでしょうか。いつも以上にドキドキで胃が痛いです。
人間の形をしているのに実は閻魔。そして元は野良の黒猫という、かなり複雑な生い立ちのロクですが、なかなかの天然っぷりで初っ端から桔平を翻弄します。全編に亙(わた)って桔平の忍耐力が試されていますね。特に風呂場のシーンなどは、自分で書いておきながら同情の念を禁じ得ません。「耐えろ桔平」みたいな（笑）
楽しかった昔のことを思い出してほしいけれど、一緒に蘇ってしまうであろう辛い記憶はなくしたままでいてほしい。アホの子だけどその分純粋で、一途で健気なロクの揺れる思いが上手く表現できていればいいなと思っています。

猫柳ゆめこ先生、お忙しいところなんとも可愛らしいイラストを頂戴し、感激しております。桔平の涼しい瞳がツボで、見るたびにきゅんきゅんしてしまいます。ロクは肉球エプロン似合いすぎ！　可愛すぎ！　そして散りばめられた『びっくりキャット』、柿の実、バニラの棒アイスなどなど……。いろんなシーンが目に浮かんでジーンときます。

本当にありがとうございました。


末筆ではありますが、『黒猫閻魔と獣医さん』を手にしてくださったみなさまと、制作にかかわってくださったすべての方々に、心より感謝・御礼申し上げます。

本当にありがとうございました。

またいつかどこかでお目にかかれますように。

二〇一九年　九月

安曇ひかる

本作品は書き下ろしです。

この本を読んでのご意見・ご感想・ファンレターなどお待ちしております。**〒111-0036 東京都台東区松が谷1−4−6−303 株式会社シーラボ「ラルーナ文庫編集部」**気付でお送りください。

黒猫閻魔(くろねこえんま)と獣医(じゅうい)さん

2019年10月7日 第1刷発行

著　　者｜安曇(あずみ) ひかる
装丁・DTP｜萩原 七唱
発 行 人｜曺 仁警
発 行 所｜株式会社 シーラボ
〒111-0036 東京都台東区松が谷1-4-6-303
電話 03-5830-3474／FAX 03-5830-3574
http://lalunabunko.com
発　　売｜株式会社 三交社
〒110-0016 東京都台東区台東4-20-9 大仙柴田ビル2階
電話 03-5826-4424／FAX 03-5826-4425
印刷・製本｜中央精版印刷株式会社

 ISBN978-4-8155-3222-2